地獄

지옥왕

王

2

요도 김남재 신무협 장편소설

ORIENTAL FANTASYSTORY & ADVENTURE

dream
books
드림북스

지옥왕(地獄王) 2

초판 1쇄 인쇄 / 2012년 5월 21일
초판 1쇄 발행 / 2012년 5월 30일

지은이 / 김남재

발행인 / 오영배
편집팀장 / 권용범
책임편집 / 편집부
펴낸 곳 / (주)삼양출판사 · 드림북스

주소 / 서울특별시 강북구 송천동 322-10호
대표 전화 / 02-980-2112 팩스 / 02-983-0660
편집부 전화 / 02-980-2116 팩스 / 02-983-8201
블로그 / blog.naver.com/dreambookss

등록번호 / 제9-00046호
등록일자 / 1999년 3월 11일

ⓒ 김남재, 2012

값 8,000원

ISBN 978-89-542-4835-8 (04810) / 978-89-542-4833-4 (세트)

* 지은이와 협의하에 인지는 생략합니다.
* 잘못된 책은 구입한 곳에서 바꾸어 드립니다.

요도 김남재 신무협 장편소설

ORIENTAL FANTASYSTORY & ADVENTURE

2

지옥왕

地獄王

dream
books
드림북스

地獄王

지옥왕

第一章
살육

떠나야 할 때가 왔군

"으아악!"

비사문 살수의 날카로운 비명 소리가 아산촌을 뒤흔들었다.

그것은 싸움이 아니었다.

그저 일방적인 살육이라고 해야 옳았다.

요괴들의 손이 적월의 명령에 따라 비사문 살수들의 몸을 갈가리 찢어 놓기 시작한 것이다. 숫자도 숫자지만 무력에서 비교조차 될 수 없었다.

적월은 수하들의 뒤에 숨어 어떻게든 도망갈 틈을 노리는 현패륵을 발견했다.

손을 뻗어 놈을 가리키며 차가운 목소리로 말했다.

"저놈은 살려서 데려와."

말을 마친 적월의 시선이 바닥에 쓰러져 있는 적사문에게로 향했다.

굳게 감긴 두 눈. 그리고 그 옆에는 놀란 눈으로 자신을 바라보는 홍초희가 있었다.

홍초희의 시선을 마주한 적월은 씁쓸한 미소를 지었다.

이런 모습은 보이고 싶지 않았다.

아마도 홍초희는 자신을 이제 자식이 아닌 괴물로 볼 것이다. 하지만 원망하지는 않는다. 적월 자신이라도 분명 그러했을 테니까.

홍초희가 갑작스럽게 손을 뻗었다.

적월은 눈을 지그시 감았다.

지옥의 요괴들을 다루는 자신을 어찌 그저 같은 인간으로, 또 아들로 볼 수 있겠는가.

한데 홍초희의 입에서 예상치도 못한 말이 튀어나왔다.

"이리로 오렴. 많이 다쳤구나."

"……제가 무섭지 않으십니까?"

무서워야 한다.

인간은 자신과 다른 것을 배척한다. 하지만 그것은 악해서가 아니다. 본능이 그러한 것을 용납지 않는 것이다.

그럼에도 불구하고 홍초희는 적월에게 손을 내밀었다.

믿기 어려운 일이었다.

홍초희는 적월의 말에 고개를 저으며 말했다.

"자기 자식을 보며 무서워하는 부모가 세상에 어디 있니? 이 상황이 이해는 안 가지만…… 네 아버지가 봤어도 마찬가지로 말했을 거란다."

적월을 바라보는 홍초희의 눈에는 한 치의 거짓도 보이지 않았다.

그리고 적월에게 향했던 홍초희의 시선이 천천히 품 안에 안겨 있는 적사문에게로 향했다.

적사문은 두 눈을 감은 채 미동도 하지 않았다.

그 모습에 적월은 다시금 가슴이 울컥하는 것을 느꼈다.

자신의 명으로 지옥에서 올라온 요괴들이 비사문 살수들 전부를 도륙하고 있다.

하지만 그런다고 해서 무엇이 달라진단 말인가. 이들을 모두 죽여도 적사문은 살아 돌아오지 못한다.

조금만, 아주 조금만 일찍 더 이 힘을 찾을 수 있었다면……

홍초희는 자신의 무릎 위에 눕힌 적사문의 얼굴을 말없이 쓰다듬고 있었다. 꽉 깨문 입술을 보면 그녀가 억지로 눈물을 참고 있다는 걸 알 수 있다.

적월은 적사문과 홍초희를 말없이 바라봤다.

슬픔이 밀려온다.

그 때 적월의 옆으로 누군가가 다가왔다. 지옥에서 자신을 안내해 주었던 사천왕의 일인인 지국천왕이다.

적월은 슬쩍 지국천왕을 보고는 이내 관심 없다는 듯이 고개를 돌려 버렸다.

적월의 시선은 여전히 적사문에게 고정되어 있었다.

지국천왕이 입을 열었다.

"오랜만이군. 잘 지냈느냐?"

"⋯⋯잘 지냈냐고?"

몸을 돌린 적월이 지국천왕의 멱살을 움켜잡았다.

갑작스러운 적월에 행동에 지국천왕은 내심 놀란 눈치였다.

멱살을 잡은 채로 지국천왕을 밀어붙인 적월이 얼굴을 마주 댄 채로 말했다.

"눈이 있으면 똑바로 봐! 이게 잘 지낸 것 같더냐!"

"이봐, 진정해."

"진정?"

적월이 확 하고 지국천왕을 밀어냈다.

그리고 분노가 가득한 얼굴로 지국천왕을 노려봤다.

비사문 살수들에게만이 아니다.

지옥에 있는 염라대왕이나 사천왕 모두에게 화가 치솟았다.

적월이 무서운 얼굴로 소리쳤다.

"지켜 줬어야지! 적어도 내가 힘을 되찾기 전까지라도 지켜 줬어야지! 이 개자식아!"

"너도 알겠지만 우리들은 이승의 일에 간섭할 수가 없어. 이런 일이 벌어질 줄도 몰랐기에 하급 요괴들을 통해 조그마한 도움을 주기도 힘들었다. 저승이라고 해서 이승에서 일어나는 일들을 모두 알 수는 없으니까."

안다. 알고 있지만 그래도 화가 났다.

차라리 요력이라는 걸 배우지 말 걸 그랬다는 생각도 들었다.

최소한 요력이 없었다면 무공을 사용할 수 있었을 것이다. 그렇다면 적사문이 이토록 죽게 되는 일 또한 벌어지지 않았을 테니까.

생각이 여기까지 미치는 순간 적월은 무엇인가를 퍼뜩 떠올렸다.

적월이 지국천왕을 향해 황급히 말했다.

"아버지를 살려 줘. 나도 살려 냈으니 가능하잖아?"

"저자를 살려 달라고?"

"그래, 제발 부탁한다."

적월이 간절한 표정으로 말했다.

자신도 살려 낸 자들이니 적사문 또한 다시금 환생을 시키는 것 또한 불가능하지 않을 거라는 믿음이 있어서다.

너무나 절실하게 말하는 적월을 의외라는 듯이 바라보던

지국천왕이 고개를 저었다.

지국천왕의 행동에 한 가닥 희망을 품고 있던 적월의 얼굴이 다시금 차갑게 변해 버렸다.

적월이 무섭게 쏘아붙였다.

"안 된다고?"

"당연하지."

"나는 됐는데 안 된다는 게 말이 돼?"

"아무나 그렇게 살릴 수 없는 게 당연하잖아. 네놈을 살리기 위해서도 염라대왕님께서 얼마나 많은 손을 쓴 줄 알아? 그리고 결정적으로…… 아직 죽지도 않은 사람을 어찌 다시 살리란 거냐?"

"뭐?"

지국천왕이 홍초희의 품 안에 안긴 적사문을 힐끔 쳐다보며 말했다.

"아직 살아 있다고. 물론 상황이 그리 좋아 보이진 않지만."

지국천왕의 말이 끝나자 적월은 단숨에 그를 밀치고 적사문에게 달려갔다.

그리고 놀라는 홍초희를 무시하고 적월은 다급히 적사문의 코에 귀를 가져다 댔다.

'드, 들려!'

숨소리가 들린다. 아주 미약하고 당장이라도 끊길 것처럼 조그맣긴 하지만 분명히 숨이 붙어 있다.

적월은 황급히 적사문의 상태를 살폈다.

팔 한쪽은 떨어져 나갔고 복부에서는 독 기운이 퍼지고 있다. 전신에 멀쩡한 곳이 없다. 서둘러 치료를 해야 했다.

적월이 두리번거렸다.

당장에 필요한 것은 지혈이거늘 자신은 지금 내공이 없어 점혈을 할 수가 없다. 바로 그 때 다문천왕이 적월의 명대로 현패륵을 끌고 앞으로 나타났다.

다문천왕은 현패륵을 적월의 앞으로 내던졌다.

쾅!

"억!"

그 힘이 얼마나 강했는지 등뼈가 으스러질 뻔했다. 고통스러운 외마디 비명을 내지르며 고개를 치켜드는 현패륵의 눈에 누군가의 발이 보였다.

다름 아닌 적월이었다.

천천히 고개를 들어 올리던 현패륵은 적월을 확인하고는 표정이 일그러졌다.

이 흉측한 요괴들을 다루는 적월이 인간처럼 보일 턱이 없었다.

죽고 싶지 않다.

방금 전에 수하들이 죽어 나가는 꼴을 똑똑히 본 터라 그런 생각은 더더욱 심했다.

지옥의 요괴들에게 갈가리 찢겨져 나가는 수하들의 모습, 뇌리에서 지워지지가 않는다. 그냥 죽는 것도 싫지만 저런 괴물들에게 죽는 건 더더욱 싫다.

현실적이지 않은 존재들의 모습에 현패륵은 더욱 큰 공포를 느꼈다.

비사문의 부문주, 살수 중에서도 이름난 현패륵이지만 그는 죽음 앞에 의연한 사내는 결코 아니었다.

그리고 원래 타인에게 잔인한 자일수록 자신에 한해서는 나약하기 십상이다.

현패륵은 망설이지 않았다.

바로 앞에 있는 적월의 다리를 끌어안고 현패륵이 싹싹 빌기 시작했다.

"사, 살려 주십시오!"

살려 줄 것 같지 않았다.

사내라면 떳떳하게 죽음을 맞이하는 게 더 낫지 않을까 생각도 했다. 하지만 머리가 그리 말하는데 몸은 그와 반대로 행동한다.

살수답지 않고, 무인답지도 않은 행동. 하지만 그런 것을 생각하지 못할만큼 현패륵은 큰 공포에 빠져 버린 것이다.

그런데……

"살고 싶으냐?"

생각지도 못한 말에 땅에 머리를 박을 듯이 숙이고 있던 현패륵이 고개를 번쩍 치켜들었다.

살 수 있을지도 모른다.

그 생각에 현패륵의 얼굴에도 생기가 돌았다.

"무, 물론이지요. 시키시는 것은 무엇이라도 하겠습니다."

"뭐든지 한다라."

적월은 현패륵을 끌고 적사문의 앞까지 걸어갔다. 그러고는 자신을 올려다보는 현패륵을 향해 말했다.

"피가 멈출 수 있게 점혈을 해. 그리고 복부에 스며든 독의 해독약 가지고 있지?"

"가지고 있긴 한데 그것만 내놓는다면 정말로 저를 살려 주시는……"

퍼억.

적월은 시끄럽게 떠드는 현패륵의 머리를 잡아 그대로 땅에 박아 버렸다.

그리고 몇 차례 더 땅에 얼굴을 처박아 버린 후에 엉망이 되어 버린 현패륵의 얼굴을 마주 보며 말했다.

"말대답하지 마. 정말 죽여 버릴지도 모르니까."

"아, 알겠습니다."

흙이 잔뜩 묻은 채로 현패륵이 울상을 지었다.

현패륵은 자리에서 일어나 우선 적사문의 혈도를 빠르게 점했다.

피가 눈에 보일 정도로 빠르게 멈춰 갔다. 그리고 잠시 머뭇거리던 현패륵은 적월의 살기 어린 시선에 황급히 품 안에서 몇 개의 해독 병을 꺼냈다.

그러고는 이내 하나를 들고 적월에게 건넸다.

"이, 이겁니다. 복용하는 게 아니라 상처 부위에 바르면 됩니다."

적월은 건네받은 병을 열어 안에 있는 액체를 적사문의 상처에 골고루 발랐다. 적월의 갑작스러운 행동에 홍초희가 놀란 가슴을 애써 달래며 물었다.

"사, 살아 계신 거니?"

적월이 홍초희를 바라봤다.

그리고 간절한 그녀의 눈동자를 마주하며 힘차게 고개를 끄덕였다.

"예. 미약하지만 숨이 붙어 계십니다. 빠르게 상처를 치료한다면…… 가능성이 있습니다."

"천지신명이시여, 감사합니다. 정말 감사합니다."

적월의 그 말에 홍초희의 눈에서 눈물이 왈칵 쏟아져 나왔다. 그러고는 연신 두 손을 비비며 감사하다는 말만 연발했다.

적월 또한 그런 홍초희와 함께 기쁨을 나누고 싶었지만 그러고 있을 수만은 없었다.

당장 급한 응급 처치는 끝났지만 그렇다고 해서 상처가 치료된 것은 아니다. 이제부터 서둘러 제대로 된 치료를 받아야 한다.

의원이 있어야 했다.

하지만 문제가 있었다.

적월이 눈치를 보고 있는 현패륵을 향해 말했다.

"마을 사람들은 다 어디로 간 거냐?"

"그, 그것까지는 잘 모릅니다."

집에서 빠져나오고 비사문 살수들이 모습을 드러내는 바로 그 순간 알아차렸다.

이곳 아산촌에 아무도 없다는 사실을.

그렇지 않고서야 이토록 큰 소란에 아무도 모습을 보이지 않을 리가 없다.

더군다나 사람의 인기척도 전혀 느껴지지 않았었다.

한마디로 거사가 시작되기 전 이미 아산촌의 모든 사람들이 마을에 없었다는 소리가 된다.

모른다는 말에 적월이 슬쩍 표정을 구기자 현패륵이 서둘러 말했다.

"정말입니다. 애초에 이 일이 시작되기 전 현감이 모두를 데리고 마을을 빠져나간다는 말만 들었을 뿐이지 어디로 가는지까지는 정말로 모릅니다."

"엄등…… 이 새끼가."

적월은 단번에 모든 상황을 파악해 냈다.

엄등 그자는 욕심이 많은 자다.

아마도 저번 승상 주천영과의 만남 이후에 그로부터 이번 일에 대해 사전에 명을 받았을 게 분명했다.

높은 곳에 오르고 싶어 하는 그이다 보니 당연히 엄등은 승상의 명령을 받아들였을 테고.

당장에 엄등을 찾아 마찬가지로 찢어 죽이고 싶었지만 지금은 그보다 적사문의 생명이 먼저다. 엄등의 일은 추후에 해결하면 그만이다.

'서둘러야겠어.'

이곳 아산촌에서 가장 인접한 마을 중 제대로 된 의원이 있는 곳이라면 마차를 타고서도 반 시진가량을 달려야 한다.

적월의 눈에 혈도를 제압당하고 쓰러져 있는 설화가 들어왔다.

적월이 현패륵에게 말했다.

"마지막으로 저기 있는 설 소저 혈도를 풀어."

적사문을 무사히 옮기려면 설화의 도움이 필요하다.

한시가 급한데도 불구하고 설화를 챙기는 이유는 바로 그것이었다.

현패륵은 급히 달려가 설화의 혈도를 풀었다.

하지만 혈도를 풀었음에도 불구하고 설화는 여전히 제정신을 차리지 못하고 멍하니 누워 있었다.

적월이 성큼 설화에게 다가갔다.

현패륵이 옆으로 물러섰고, 그 순간 적월의 손이 움직였다.

짜악!

적월의 손이 향한 곳은 다름 아닌 설화였다.

설화의 뺨이 새빨갛게 달아올랐다. 넋을 잃고 있던 설화의 눈동자가 처음으로 적월에게로 향했다.

하지만 여전히 생기 없는 표정.

적월이 노한 표정으로 소리쳤다.

"언제까지 이러고 있을 생각이냐? 제왕검 설리표의 딸이 이딴 풋내기라니 지옥에 간 네 아비가 울겠구나!"

존대를 사용하던 적월의 말투가 확연히 바뀌었다.

하지만 원래부터 공손한 말투는 적월의 것이 아니었다. 진짜 자신의 모습을 숨기기 위해 보였던 모습, 하지만 이제부터는 굳이 그럴 생각도 없었다.

적월의 외침에 처음으로 설화의 눈동자에 감정이 머물렀다.

그것은 분노였다.

설화가 이를 갈며 적월을 향해 말했다.

"……함부로 말하지 마세요."

"기분 나쁘냐? 그럼 지금 네 모습을 보아라. 이런 한심한 꼴로 지금 뭐 하고 있는 것이냐?"

"……."

"네가 이러고 있다고 변하는 건 없다. 정신 차리고 아버지의 복수를 하는 게 현명하다고 생각하지 않나?"

적월의 말에 설화는 아무런 말도 하지 않았다.

하지만 하나 동감하는 것은 있다. 그건 다름 아닌 복수다. 자신의 아버지를 죽인 놈들에게 피의 복수를 하고야 말 것이다.

설화의 시선이 현패륵에게로 향했다.

현패륵은 자신을 향하는 설화의 눈동자를 보며 움찔했다.

설화가 자신에게 악의를 가질 것은 당연지사다. 그녀는 당장이라도 자신을 죽일 듯이 자리에서 일어나고 있었다.

현패륵은 겁먹은 표정으로 황급히 적월 쪽으로 다가갔다. 지금 자신의 구명줄은 오로지 적월 한 명뿐이라고 느꼈기 때문이다.

적월의 옆에 바짝 붙은 현패륵이 황급히 말했다.

"하, 하신 말씀은 잊지 않으셨겠지요?"

"물론이야."

적월의 말에 현패륵이 안도의 한숨을 내쉬는 바로 그 때였다.

몸을 돌린 적월이 다문천왕의 옆을 스쳐 지나가며 말했다.

"뭐 해? 죽여."

적월의 그 한마디에 안도의 한숨을 내쉬던 현패륵의 표정이 새하얗게 변했다. 그가 다급하게 손을 뻗으며 입을 열었다.

"약속이 틀리지……."

"멍청하긴. 살고 싶냐고 물어봤지 언제 살려 준다고 했더냐."

"아, 안 돼! 으악!"

적월의 설명이 끝나는 바로 그 순간 다문천왕은 현패륵의 머리카락을 휘어잡고 요괴들을 향해 걸어갔다.

그러고는 살기 위해 아등바등하는 현패륵을 그대로 요괴들을 향해 집어던졌다.

기다리고 있던 요괴들의 손이 순식간에 현패륵의 몸을 갈가리 찢어 버렸다.

적월의 명대로 잔인하게 비사문 살수 전원의 목숨을 끊어 버린 것이다.

이 같은 고수들 모두를 죽이는 데 걸린 시각은 채 반 각조차 되지 않았다.

그것도 적사문을 살리기 위해 현패륵을 잠시나마 더 살려 줬기 때문에 그만큼 걸린 것인지 실제로 비사문 살수들 전원을 도륙하는 데 걸린 시간은 정말 찰나라고밖에는 표현할 수 없을 정도였다.

비사문 살수가 모두 정리되자 적월이 다음 명을 내렸다.

"시체들 뒷정리 부탁한다. 여기서 있었던 일을 주천영에게 알리고 싶지 않으니까. 모두가 그냥 세상에서 사라진 것처럼 꾸며 줘. 가능해?"

"가능하냐고?"

지국천왕은 불쾌한 표정을 지어 보였다.

그러고는 몸을 돌려 뒤편에 있는 요괴들을 향해 외쳤다.

"모두 비켜서라!"

고함과 함께 시체를 둘러싸고 있던 요괴들이 양옆으로 갈라졌다. 그리고 바로 그 순간 지국천왕의 몸에서 붉은 기운이 넘실거렸다.

지국천왕이 손에 들린 보검을 휘둘렀다.

파악!

붉은 불꽃이 순식간에 아산촌을 뒤덮었다. 하지만 그 불꽃은 신비하게도 오로지 시체들만을 태워 없앴다.

이 세상에 존재하고 있었다는 사실이 거짓말이라도 된 것처럼 시체는 흔적조차 남기지 않고 사라졌다.

적월은 너무나 빠르게 명령을 처리한 지국천왕을 놀란 듯이 바라봤다. 하지만 이내 평정심을 되찾고 빠르게 다음 명을 내렸다.

"설화, 아버지를 부탁한다. 내가 마차를 구해 오지. 사천왕 너희들은 잠시 이곳에서 부모님을 지켜 줘. 또 다른 일이 벌어질지도 모르니까."

"그러지."

사천왕들은 마치 호위라도 서는 듯 사방을 둘러쌌고 설화는 말없이 적사문의 옆에 가 그의 상태를 살폈다.

적월은 몸을 돌렸다.

사천왕이 있는 이상 그 누구도 부모님들에게 손을 댈 수 없을 것이다.

집 안으로 들어선 적월은 말을 놔두는 마사(馬舍)로 서둘러 향했다.

다행히도 도주할 수 있을 거라 생각하지 않았는지 말과 마차는 무사했다.

적월은 황급히 마사의 문을 열고 안에 있는 말을 바깥으로 빼내어 마차와 연결시켰다. 그러고는 마부석에 앉아 마차를 몰고 바깥으로 달려 나갔다.

마차를 몰고 적사문을 비롯한 일행이 있는 곳에 도착한 적월이 아래로 뛰어내렸다.

죽은 듯이 누워 있는 적사문을 보니 마음이 조급해진다.

마차에서 내린 적월이 황급히 문을 열며 사천왕에게 말했다.

"아버지를 이 안으로 안전하게 모셔 줘."

적월의 말에 적육색(赤肉色) 피부를 한 증장천왕이 적사문을 조심스레 안아 들고 마차 안으로 옮겼다.

워낙 크기가 큰 탓에 마차에 직접 타지는 못했지만 그 손도 어마어마하게 길어 자리에 눕히는 것은 어렵지 않았다.

적사문을 마차에 눕힌 증장천왕이 한 걸음 물러나자 적월이 일행을 향해 말했다.

"어서들 타세요. 서둘러야 합니다."

적월의 다급한 목소리에 홍초희와 설화가 우선 마차에 올라탔다.

둘까지 마차 안에 타자 고삐를 단단히 쥔 적월이 사천왕과 요괴들을 바라봤다.

수천의 눈동자들이 자신에게 향해 있다.

그리고 사천왕 중 한 명이자 그나마 적월과 친분이 있는 지국천왕이 물었다.

"우리의 일은 다 끝났는가?"

"당장은. 그건 왜?"

"천왕문이 곧 닫힌다. 우리는 그 전에 돌아가야 하거든."

"아아, 그랬지."

적월은 지옥에서 하계에 오기 전에 미리 천왕문에 대해 살짝 언급을 들었었다. 워낙 천왕문에 관심이 없었기에 까먹고 있었는데 이제야 생각이 난 것이다.

천왕문을 지상에서 열 수 있는 시각은 고작 일각이 조금 넘는다.

그 시간 안에 천왕문을 통해 나온 요괴들은 모두 돌아가야 한다.

물론 요력이 강해지면 유지할 수 있는 시간이 살짝 더 길어진다고는 하지만 그래 봤자 그리 긴 시간이 되지 못한다.

이것은 요력이 강한 요괴들이 하계에서 함부로 설치고 다니지 못하게 하기 위한 규율이다.

적월은 사천왕과 요괴들을 향해 가볍게 손을 들어 올리며 말했다.

"오늘은 고마웠다. 다들 나중에 보자고."

적월의 그 한마디에 사천왕들은 가볍게 목례해 지옥왕에 대한 예를 표했고, 그 외의 수천의 요괴들은 무릎을 꿇고 머리를 수그렸다. 수천의 요괴들이 고개를 조아리는 그 장면은 가히 장관이라고밖에 표현할 수 없었다.

적월이 말을 몰려고 하는 바로 그 때, 지국천왕이 다가왔다. 그러고는 귓가에 대고 무엇인가를 속삭였다.

지국천왕에게 무엇인가를 전해 들은 적월의 얼굴이 살짝 굳어졌다.

하지만 적월은 알겠다는 듯 고개를 끄덕이고는 강하게 말고삐를 잡아 쥐었다.

"이랴!"

마차 한 대가 관도를 달렸다.

전혀 특이해 보일 것이 없는 마차였지만, 그것을 몰고 있는 이는 다름 아닌 적월이었다.

그리고 마차 안에는 적사문과 홍초희, 설화가 타고 있었다.

비사문의 습격이 벌어진 지도 벌써 보름이나 지났다.

보름이라는 시간 동안 적월은 거의 한잠도 자지 않고 마차를 몰고 있었다.

처음에는 어색했던 마차를 모는 일도 이제는 손에 익은 듯하다.

그 보름이라는 시간 동안 적월은 아산이 있는 청해성에서 많이 떨어진 곳에 도착해 있었다.

지금 적월이 달리고 있는 이곳은 호북의 끝자락이다.

적사문이 크게 다쳤던 그날 적월은 근방에 있는 마을로 향했다. 그리고 바로 의원을 찾아 위급한 적사문의 치료를 부탁했다.

그러고는 그대로 달려가 나무로 된 판들을 구해 마차를 덧대기 시작했다. 연모지정이라 적은 적사문의 글귀를 가리기 위함이다. 그 글자를 가리자 어디에서 볼 수 있는 평범한 마차로 바뀌었다.

작업을 끝내고 돌아오자 적사문의 치료도 어느 정도 끝나 있었다.

의원이 몇 차례나 운이 좋았다고 할 정도로 큰 부상.

하지만 다행히도 적사문의 혈색은 치료를 받아서인지 한결 좋아 보였다. 마음 같아서는 상처를 모두 치료하고 떠나고 싶었지만 그럴 입장이 아니었다.

적월은 정신을 차리지 못한 적사문을 데리고 다시금 마차를 몰았다.

지금 적월이 향하는 곳은 다름 아닌 이제는 죽어 버린 설리표가 마지막으로 만들어 준 비밀 장소였다.

설리표는 죽었지만 다행히도 설화가 있었기에 그 위치를 정확히 알 수 있었다.

무려 보름이라는 시간을 달렸다.

하지만 아직까지도 적사문은 눈을 뜨지 못했다.

큰 출혈. 그리고 머리까지 심하게 다쳐 정신을 차리는 데 시간이 걸릴 거라는 의원의 언급이 없었다면 아마도 걱정은 지금의 배는 되었으리라.

설화에게 들은 대로 관도를 따라 달리던 적월이 천천히 말고삐를 당겼다.

마차의 속도를 줄인 적월이 주변을 살피며 중얼거렸다.

"이쯤인 것 같은데?"

적월이 찾는 곳은 호북과 강서성이 만나는 곳 부근에 있는 마을, 강문(江門)이라는 곳이다. 작은 강을 끼고 있어 강문이라 불린다고 들었는데 지금 적월의 눈앞에 푸르른 물줄기가 모습을 드러냈다.

이 근방인 것이 분명하다.

두리번거리던 적월은 이내 사람의 흔적을 찾아내고 그쪽으로 말머리를 돌렸다.

그러자 일각도 채 되지 않아 멀리에 마을로 보이는 곳이 모습을 드러냈다.

목적지에 도착했다는 생각에 적월은 안도의 한숨을 내쉬었다.

나름대로 조심한다고 했지만 덜컹거리는 마차에 환자를 실고 온 것이 계속 마음에 걸렸다. 그것도 아직까지 정신을 차리지 못할 정도로 큰 부상을 입은 적사문을 말이다.

저곳에 가면 아마 편히 쉴 수 있을 게다.

하지만 마을을 바라보는 적월의 표정은 그저 밝지만은 못했다.

적월은 애써 마음을 다잡았다.

우선은 안전한 거처에서 적사문을 편히 모시는 게 시급했기에 적월은 상념을 접고 마차를 몰아 강문으로 향했다.

강문은 아산촌과 크게 다르지 않았다.

그 크기도 비슷해 보였고, 마을 사람들 또한 무척이나 순박해 보였다. 마을 사람들은 외지인인 자신들의 등장에 신기하다는 듯이 바라보고 있었다.

그러던 중 중년 사내 하나가 일행을 향해 허겁지겁 달려왔다.

"혹시 어르신이 보내신 분들입니까?"

적월은 이 사내가 말하는 어르신이라는 자가 설리표임을 직감했다.

"그렇습니다."

중년의 사내가 반갑다는 듯이 인사를 하며 말했다.

"오시면 안내해 드리라고 명을 받았습니다. 집으로 안내해 드리죠. 옆에 타도 되겠습니까?"

"물론입니다."

적월이 살짝 옆으로 자리를 내주자 중년의 사내가 마차에 올라탔다.

적월은 사내가 알려 주는 방향을 향해 마차를 몰았다.

마차를 몰며 적월은 주변을 살폈다.

참으로 조용하고 아름다운 마을이다. 강가에 묶여 있는 수많은 나룻배들을 보아하니 이곳은 농사가 아닌 물고기를 잡으며 생업을 유지하는 듯했다.

중년 사내의 안내에 따라 도착한 곳은 꽤 커다란 집이었다.

오랫동안 사람이 살지 않아 보였지만 외부나 내부나 제법 깨끗한 것이 미리 청소를 해 둔 것이 분명했다.

중년의 사내는 집까지 안내를 해 주고는 가볍게 인사를 하며 말했다.

"앞으로도 무슨 일이 있으시면 저를 찾으시면 됩니다. 그냥 마을로 오셔서 동빈(童彬)을 찾으면 다들 가르쳐 줄 겁니다."

"그리하지요."

"그럼 먼 곳에서 오시느라 고생하셨을 텐데 여독도 좀 푸시고, 나중에 뵙겠습니다."

말을 마친 동빈이라는 중년 사내는 인사를 하고 집 바깥으로 걸어 나갔다.

동빈이 사라지자 그제야 적월이 마차의 문을 열었다.

그리고는 안쪽에 앉아 있는 홍초희와 설화를 향해 말했다.

"내리시죠."

"그러자꾸나."

홍초희가 웃으며 자리에서 일어났다.

오랜 여정에 피곤할 법도 한데 홍초희의 얼굴에는 미소가 가득했다.

그도 그럴 것이 죽을 거라 생각했던 적사문이 이토록 살아 있다. 아직 정신을 차리지 못했다 하지만 살아 있다는 것만으로 홍초희는 하늘에 감사했다.

홍초희가 마차에서 내리자 설화가 적사문을 안고 내리려 했다.

그러자 적월이 설화를 막았다.

"아버지는 내가 모시지."

적월을 힐끔 쳐다보는 설화의 얼굴은 예전의 그녀와는 많이 변해 있었다. 뭔가 신비하면서도 묘한 분위기를 풍기던 여인, 하지만 그 얼굴에서 생기가 사라졌다.

아버지인 설리표의 죽음 때문이리라.

설화는 그러라는 듯이 마차에서 내렸고 적월이 안으로 들어가 적사문을 들쳐 업었다.

따뜻한 온기가 등을 타고 느껴진다.

온기를 느끼는 순간 적월은 자신도 모르게 미소를 머금었다.

적사문이 살아 있다는 것을 느낄 수 있기 때문이다.

적월은 적사문을 등 뒤에 업은 채로 한 걸음씩 걷기 시작했다.

　보름이라는 시간 사이에 홀쭉하게 변해 버린 적사문.

　'왜 이리도 가벼우십니까.'

　잘려 버린 한 팔과 상처 입은 모습을 보고 있자니 가슴이 미어진다. 그리고 적사문이 살아 있다는 사실에 또 한 번 감사한다.

　적사문을 방에 눕힌 적월은 우선 방을 빠져나왔다.

　아무것도 챙기지 못하고 온 탓에 집에 필요한 것이 너무나 많다.

　적월은 필요한 물품들을 사기 위해 말 한 필을 이끌고 집을 나섰다.

　크지 않은 마을이지만 필요한 것을 구하는 것은 그리 어렵지 않았다.

　적사문을 위해 이불을 사고, 음식을 할 때 필요한 것들도 구하고…… 가는 길에 의원에게 들러 매일매일 한 번씩 자신의 집에 찾아와 달라는 부탁도 했다.

　말 등에 짐이 가득 실릴 무렵 해가 뉘엿뉘엿 지고 있었다.

　적월은 천천히 말 등에 실린 짐을 확인했다.

　'뭐, 이 정도면 당장 급한 건 어떻게든 되겠군.'

　모든 일이 끝냈다고 생각하자 적월은 가만히 하늘을 올려다봤다. 강을 끼고 있는 강문이라는 마을의 석양은 무척이나 아름다웠다.

태양을 삼키는 붉은 강을 바라보며 적월이 자그마하게 중얼거렸다.

"슬슬 가야 할 때인가."

이별을 해야 할 때가 온 것이다.

원래부터 언젠가 헤어질 것이라 생각했지만 그 시기가 이 년 가까이 빨라졌다.

더군다나 지금은 적사문조차 눈을 뜨지 못한 상황, 떠나고 싶지 않았다.

하지만 원치 않아도 떠나야 한다.

바로 지옥에서 온 지국천왕의 전언 때문이다. 다친 적사문을 싣고 아산촌을 떠나려 하려 했던 그때 적월에게 했던 귓속말의 정체가 바로 그것이었다.

천왕문을 열면서 적월의 존재가 그가 잡아야 할 명객이라는 자들에게 들통 났을 거라고 한다.

어마어마한 요력이 움직였다.

아무리 멀리 있었다고 해도 수천의 요괴들이 뿜어 대는 요력이다.

더군다나 신장 급 요력을 지닌 사천왕들도 나섰다.

명객들에게 들키지 않을 리가 없다.

아직 요력을 다스릴 수 없는 적월이다.

자연스레 몸에서 요기가 흐르고, 그것을 읽어 낼 수 있는 명객이 나타난다면 목숨을 부지하기 힘들다.

그리고 아마도 천왕문을 알아차린 명객들은 적월을 찾아 죽이기 위해 움직일 게 분명했다.

그랬기에 적월은 아무도 없는 곳으로 숨어야만 했다.

계속 함께 있다면 적월뿐만이 아니라 간신히 위험에서 벗어 난 적사문과 홍초희도 위험해질 수 있다고 하니 어찌 떠나지 않을 수 있겠는가.

떠나야 한다는 게 못내 마음에 걸리고, 자신의 존재가 명객들에게 들통 났다고는 하지만 후회는 없다.

그로 인해 적사문과 홍초희를 살릴 수 있었으니까.

그것이면 그 어떠한 피해라도 적월은 감수할 수 있었다.

다른 이도 아닌 그 둘을 위해서라면…….

적월은 말을 끌고 발걸음을 옮겼다.

아쉬움 때문에 느릿느릿하게 움직였지만 결국 새로운 집에 도착해 버렸다.

적월은 조용히 안으로 들어서서 사 온 짐을 꺼냈다.

주방부터 해서 이곳저곳 돌아다니며 필요한 물품들을 가 득 채운 적월이 마지막으로 적사문을 눕혀 두었던 방으로 향했다.

적월이 양손 가득 짐을 든 채로 방 안으로 들어섰다.

누워 있는 적사문의 옆에 앉아 있던 홍초희가 적월을 반가이 맞아 주며 말했다.

"많이도 사 왔네. 힘들지는 않았니?"

"짐이야 말이 옮기는데 제가 뭐 힘들겠습니까."

적월은 얼버무리며 마을에서 사 온 물건들로 적사문의 이부자리를 준비했다.

천왕문을 연 이후에도 자신을 대하는 홍초희의 태도에는 일말의 변화도 없었다. 심지어는 이것저것 묻고 싶기도 하련만 아무런 것도 물어보지도 않는다.

적월이 서둘러 이부자리를 깔고는 적사문을 조심스레 자리에 눕혔다.

어쩌면 이것이 아버지, 어머니와 정면으로 마주하는 마지막 날일지도 모른다.

생각이 거기까지 미치자 가슴 한편이 아련해졌지만 적월은 애써 그런 감정을 무시했다.

'젠장, 왜 이렇게 좋은 사람들을 만나서……'

차라리 환생을 해서 만난 부모들이 예전의 친부모처럼 자신에게 일말의 사랑조차 주지 않았다면 이토록 떠나는 데 힘들지 않았으리라.

그랬다면 적월은 아무렇지 않게 훌훌 털어 버리고 떠났을 수 있었을 게다.

대충 방 정리가 끝났다고 생각했는지 적월이 허리를 펴며 말했다.

"나간 김에 의원에게도 들러 매일 찾아와 달라고 부탁했습니다. 아무래도 의원이 살피는 것이 아버지께도 훨씬 좋을 듯

해서요."

"잘했구나. 어서 네 아버지가 눈을 뜨셔야 할 텐데……."

적사문의 얼굴을 쓰다듬으며 홍초희가 아련한 표정을 지어 보였다.

그런 둘을 바라보던 적월이 입술을 꽉 깨물었다.

이제는 정말로 헤어져야 할 시간이다. 시간을 끌어 봤자 남는 건 미련뿐이리라.

처음 이들을 만났을 때 헤어짐이 이토록 힘들 거라 생각해 본 적이 없다. 그냥 어서 각성을 할 그 날이 오기만을 기다렸다.

그때는 하루라도 빨리 떠나고 싶었는데…… 이제는 하루라도 더 이들 곁에 있고 싶다.

적월이 고개를 숙이며 홍초희에게 인사했다.

"전 들어가서 쉬겠습니다."

"저녁은 안 먹고?"

"나간 김에 이것저것 주워 먹어서 괜찮습니다."

"그래? 그럼 다행이지만."

"그럼 나가 보겠습니다."

여태 키워 줘서 고맙다고 큰절을 해야 예의겠지만 그럴 처지가 아니다.

적월은 고개를 들며 적사문에게 눈으로 인사를 건넸다.

그렇게 몸을 돌려 방을 빠져나가는 적월의 등 뒤에서 홍초희가 입을 열었다.

"떠나려는구나."

"……!"

적월은 흠칫하며 멈추어 서 버렸다.

일언반구 말도 하지 않았고 곧 떠날 사람처럼 굴지도 않았다. 한데 어찌 단번에 그런 자신의 생각을 알아차릴 수 있단 말인가.

홍초희가 적월의 등을 말없이 바라봤다.

소중한 아들이다. 잡고 싶은 것은 당연했다. 믿을 수 없는 것을 눈으로 본 홍초희다. 적월이 보통 사람이 아니라는 건 알지만 아무런 것도 묻지 않았다.

적월이 곤란해할 것 같아서. 단지 그 이유에서다.

그런 신묘한 능력을 지닌 아이가 떠나야 한다면…… 아마도 위험한 일과 연관되었을 게 분명했다.

알지만 말리지 않았다. 그것이 적월이 정한 길이라면 막아서는 아니 됐다.

홍초희가 천천히 입을 열었다.

"아주 오랜 시간이 흐르더라도 네가 해야 할 모든 일을 다 끝마치면…… 그때는 돌아오려무나. 우리는 이곳에서 너를 기다릴 테니. 알겠지?"

"……."

적월은 대답하지 않았다.

코끝이 찡해지는 것을 느끼며 적월은 그대로 방을 박차고 바깥으로 걸어 나왔다.

방문을 닫은 적월이 천천히 발걸음을 옮겼다.

외롭게 하늘에 뜬 새하얀 달이 오늘따라 유독 더 서러워 보인다.

적월이 고개를 치켜들며 눈을 감았다.

그들과 함께했던 수많은 추억들이 떠오른다.

'감사합니다, 어머니. 멀리서라도 두 분을 보며 항상 지켜 드리지요.'

하늘을 향해 치켜들었던 고개를 내리며 적월이 눈을 부릅떴다.

강인한 요기가 동시에 사방으로 뿜어지며 두 눈동자가 붉게 물들었다.

第二章
요력(妖力)

이제부터
슬슬 시작해 볼까

　겨울이 가면 봄이 온다. 푸르른 잎들이 모습을 보이는가
싶으면 더운 여름이 오고, 또다시 가을, 겨울이 찾아온다.

　그렇게 시간이 흘렀다.

　나무에 매달렸던 나뭇잎들이 서서히 옷을 갈아입기 시작하
는 계절인 가을이다.

　슬슬 차가워지기 시작한 폭포수에 한 사내가 몸을 담그고
있었다. 사내의 정체는 다름 아닌 적월이었다.

　떨어지는 폭포수를 바라보는 적월의 입가에 미소가 걸린
다.

　동시에 적월의 몸이 솟구쳤다.

파라락!

날카로운 파공음과 함께 적월의 몸이 허공으로 솟구쳤다. 오랜 시간 사용하지 못했던 무공을 드디어 사용할 수 있게 된 것이다.

허공에 뜬 적월은 내공을 빠르게 끌어 올렸다.

그리고 손바닥을 휘둘렀다.

혼천구룡장(混天九龍掌)!

동시에 아홉 마리의 용이 그 모습을 드러내며 폭포수를 갈라 버렸다.

콰앙!

산을 뒤흔드는 충격음에 적월의 입가에 흡족한 미소가 걸렸다.

이 정도의 파괴력이라면 죽기 전보다도 훨씬 더 뛰어난 수준이다.

무려 사 갑자가 훌쩍 넘는 내공이다.

하지만 놀라운 건 이게 아니었다.

가만히 선 적월의 몸 주변으로 붉은 연기가 피어올랐다. 동시에 두 눈동자도 붉게 물들기 시작했다.

바로 요력이다.

적월이 가만히 손을 내뻗었다.

바로 그 순간 적월의 주변에 있던 물들이 수증기로 화하며 사라져 가기 시작했다.

화아악!

떨어져 내리던 폭포수들마저도 단숨에 날려 버렸다.

이것이 바로 요력이라는 마물이다.

오늘 아침 내공이 움직이는 사실을 알고 뛸 듯이 기뻤던 적월이다. 그리고 그로부터 지금까지 계속해서 내공과 요력을 사용하며 스스로 흡족해하고 있었다.

처음엔 요력을 내공과 비슷하게 생각했다.

하지만 아니었다. 요력이라는 것은 그 개념 자체가 달랐다.

내공은 몸 안에 쌓인 기운을 유형의 기운으로 만들어 내 사용하는 것이다. 하지만 요력은 그렇지 않았다.

요력은 의지다.

스스로의 의지를 발현하여 무형의 기운을 쏟아 내는 것이 요기다. 일전에 지국천왕이 손을 뻗어 시체들을 모두 불태우던 것도 바로 요력이었기 때문에 가능했다.

다른 것들은 전혀 아무렇지 않고 원하는 시체들만 먼지로 만들어 버렸다.

그러한 의지를 지국천왕이 품었기 때문에 가능한 일이었다.

적월도 처음엔 이런 개념이 무척 생소했지만 몇 번씩 사용하면서 점차 익숙해지기 시작했다.

아직은 무리겠지만 이 요력을 수족처럼 다룰 수 있게 된다면 싸우지 않고도 수많은 자들을 제압할 수 있을 것이다.

하지만 이상하게도 이 요력의 형태는 불로밖에 표현이 되지 않는 듯했다.

뭔가 적월이 사용하는 법을 모르는 것인지, 아니면 원래부터 이런 것인지는 알 수가 없었다. 아무래도 요력에 대한 지식이 얕을 수밖에 없기 때문이다.

적월이 요력을 거두는 바로 그 순간 멈추었던 폭포수가 다시금 떨어져 내렸다.

쏴아아!

적월은 물을 피해 바깥으로 걸어 나왔다.

그리고 몸 안 가득 충만한 힘을 느끼며 미소를 지었다.

거의 이십 년 만에 되찾은 힘이다. 무인으로서 기쁜 것은 당연했다.

커다란 바위 위에 드러누운 적월이 중얼거렸다.

"이제 그냥 기다려야 하나."

아직은 무엇을 어찌 해야 할지 이야기를 듣지 못했다. 하지만 지옥에서 부탁받은 명객이라는 놈들을 사냥하는 것 외에 해야 할 것들은 이미 정했다.

적월이 바위 위에서 튕기듯이 몸을 일으켜 세우며 소리쳤다.

"어이! 몸이 근질근질거린다고!"

고함이 메아리가 되어 사방으로 쩌렁쩌렁 울려 퍼졌다.

그 소리를 들으며 적월은 피식 웃었다.

아마도 곧 찾아올 것이다. 자신이 요력을 방출한 것을 그들이 모를 리는 없으니까.

적월은 자신의 새로운 거처로 발걸음을 옮겼다.

적월의 거처는 습기가 가득한 동굴이었다.

일 년 반이 넘는 시간을 보낸 곳, 이제는 익숙해지긴 했지만 이 습기만큼은 여전히 불쾌감이 밀려들게 한다. 하지만 오늘은 모든 힘을 되찾은 날이라 그런지 그런 습기조차 적월의 기분을 바꾸지 못했다.

자리에 누워 있던 적월은 허기를 느꼈는지 구석에 있는 항아리에서 벽곡단을 꺼내 우적우적 씹어 먹었다.

제대로 된 식사를 한 것이 언제인지 기억도 나지 않는다. 하지만 식사를 준비하고 먹는 시간조차 아까웠다. 그랬기에 벽곡단이나 말린 고기로 식사를 대신하는 것에 불편함을 전혀 느끼지 못했다.

오늘은 특별한 날이라는 생각 때문에 동굴 구석에 숨겨 두었던 조그만 호리병 하나를 꺼냈다.

싸디싼 화주가 담겨 있는 병이다.

호리병의 마개를 연 적월은 말린 고기를 꺼내어 들고는 화주를 들이마셨다.

싸구려 술답게 끝 맛이 그리 좋지 않고 독하기만 한 화주.

술 한 잔을 하던 적월의 마음이 오래전 헤어진 적사문과 홍초희에게로 향했다.

일 년 반이라는 시간 동안 적월은 그들을 만나지 않았다.

물론 종종 강문으로 몰래 들어가 어찌 지내는지 정도는 집에 매일 드나드는 의원을 통해 알아보곤 했다.

가장 중요한 일이라면 역시 적사문이 일어난 것이리라.

하지만⋯⋯.

적사문에 대한 생각이 나자 적월은 독한 화주를 단숨에 들이켰다.

상처는 대부분 완쾌됐단다. 잘려 나간 팔이야 어쩔 수 없지만 그것을 제하고는 예전이랑 크게 변하지 않은 듯했다.

문제는 바로 머리였다.

머리를 심하게 짓밟히면서 뇌가 다쳤는지 적사문은 말을 하지 못하게 됐단다. 다행히도 사람을 못 알아보거나 기억을 잃는 사태는 면했지만, 말을 할 수 없게 됐다는 사실을 전해 들은 적월은 억장이 무너지는 듯했다.

마음 같아서는 한걸음에 달려가서 적사문의 안위를 살피고 싶었지만 그럴 수는 없었다.

독하게 마음먹고 떠나온 길이다.

다시 그 둘 앞에 선다면 마음이 약해질 것은 자명한 노릇. 거기다 혹시나 부모님들과 엮이다가 자신을 찾는 명객들에게 발각될지도 모른다는 일말의 걱정이 약해지려는 적월의 마음을 다잡아 줬다.

"크으."

적월은 호리병에 남아 있던 술을 모두 마셔 버리고는 소매로 입가를 닦았다. 독한 술이지만 취기는 전혀 오르지 않는다.

바로 그 때 적월은 들고 있던 호리병을 내리며 동굴의 입구 쪽을 바라봤다.

미약하긴 하지만 요기가 느껴진다.

예전에는 전혀 알아차릴 수 없었지만 이제는 아니다.

요력을 다스릴 수 있게 되면서 저절로 요기를 읽을 수 있게 된 것이다.

물론 이 요기라는 것은 감추려 한다면 감출 수도 있다. 어느 정도 수준 이상이 된다면 말이다.

한마디로 상대는 요기를 감출 수 없을 정도로 급이 낮다는 소리다.

적월은 요기의 주인이 누구인지 단번에 알았다.

예상대로 모습을 드러낸 것은 오래전에 봤었던 하급 요마였다.

하급 요마를 보며 적월이 입을 열었다.

"염라대왕이 보내서 왔느냐?"

"예, 그러하옵니다."

예상했던 일인지라 그리 놀라지는 않았다.

적월이 술병을 옆으로 밀며 말했다.

"연결해 줘."

"알겠습니다."

말을 마친 하급 요마가 눈을 감고 부르르 떨었다.

굳게 감겼던 눈이 뜨이자, 그곳에는 하급 요마의 몸에 들어온 염라대왕이 있었다.

염라대왕이 먼저 입을 열었다.

"이거 생각보다 일찍 보게 됐군. 아무리 빨라도 한 반년은 더 걸릴 줄 알았는데…… 생각보다 재능이 있군."

"칭찬으로 듣겠소. 그런데 궁금한 게 있는데."

염라대왕이 고개를 끄덕이며 말했다.

"물어봐."

적월은 손을 들어 올리며 요기를 끌어 올렸다. 그러자 손 위에서 붉은 불꽃이 꿈틀거리기 시작했다.

적월이 요력을 뿜어 대며 물었다.

"불로밖에 표현이 안 되는데 원래 이런 거요?"

"대단하군. 요력을 벌써 이토록 쉽게 형상화할 수 있다니."

염라대왕은 적월의 모습에 감탄한 기색을 내비쳤다.

오늘 처음 요력을 개방한 상태다. 그럼에도 불구하고 적월은 요력을 이용해 너무나 수월하게 형상을 만들어 내고 있다.

요력이란 의지의 발현, 그만큼 적월의 정신력이 강하다는 소리이기도 했다.

잠시 감탄하고 있던 염라대왕은 이내 적월의 물음에 답했다.

"속성 탓이다."

"속성?"

"이곳에는 오행(五行)이라는 것이 있지? 그것과 비슷한 개념이다. 요력에도 그런 기운이 있고, 네가 익힌 것은 나에게 전수받은 것이니 당연히 불의 속성을 띠고 있는 것이지. 내 요력도 너와 마찬가지로 불의 기운을 지녔거든."

"호오."

적월이 흥미 있다는 듯한 표정을 지었다.

염라대왕이 설명을 이어 갔다.

"어떤 속성을 지녔느냐에 따라 요력의 개방 형태가 다르다. 하지만 그렇다고 해서 본질까지 변하는 것은 아니야. 어쨌든 요력이라는 것은 의지로 무형의 기운을 만들어 내는 것이니까."

"뭐, 대충 무슨 말인지 알겠소."

궁금증이 풀렸는지 적월이 고개를 끄덕였다.

아직 미숙하여 전부를 알지는 못하지만 익혀 갈수록 이 요력이라는 것은 어마어마한 힘을 발휘할 게 분명했다.

적월은 요력이라는 것이 무척이나 마음에 들었다.

요력에 대한 궁금증이 풀리자 적월은 이제는 앞으로의 일에 대해 물었다.

"이제 내공도 요력도 사용할 수 있게 됐소. 슬슬 움직여야 하는 거 아니오?"

"맞아."

"그럼 뭐부터 하면 되겠소?"

"솔직히 말해 우리의 정보는 아주 미약해. 지상에서 조사를 하는 데 한계가 있거든. 하급 요마들이 지상에 내려올 수 있긴 하지만 그렇다고 해서 그들을 마구 풀어 둘 수도 없어. 더군다나 명객 놈들은 요기를 읽을 수 있어서 하급 요마들 정도면 근처에 오는 것만으로도 바로 알아내 버리니까."

지상에 개입할 수 없는 것이 지옥의 법도. 그랬기에 조사를 하는 것도 쉽지가 않다. 몇 가지 단서들을 잡기는 했지만 그것 이상으로 알아내는 건 불가능하다.

그리고 그러했기에 이렇게 이십 년 가까운 시간을 들여 적월이라는 존재를 만들어 낸 것이기도 했다.

모든 것은 적월 스스로 해야 한다.

지옥에서 해 줄 수 있는 것은 아주 미약한 수준에 불과할 것이다.

"사천성 북천(北川)이라는 마을에서 몇 년 전 하급 요마들이 모두 떼죽음을 당했다. 우선은 거기부터 시작해야 할 듯싶군."

"그게 다요?"

호북이니 사천은 그리 멀지는 않다.

하지만 단서가 너무나 적다.

사천성 북천이라는 도시에서 무작정 무엇을 하란 말인가.

적월의 물음에 염라대왕은 고개를 끄덕였다.

"그토록 쉬운 일이었다면 네놈을 살려서 다시 하계로 내려 보냈겠느냐? 물론 우리도 따로 조사를 하며 이 일의 배후를 알아보고 있다. 하지만 우선 지상의 일은 네가 알아서 해야 한다고 생각해야 할 게야."

"흐음."

"아, 잊을 뻔했는데 그 하급 요마들은 당시에 무가 하나를 조사하고 있었다."

"그게 어디요?"

"철련문(鐵鍊門)."

철련문이라면 적월 또한 오래전에 몇 번 들어본 기억이 있는 곳이다. 큰 문파로 정사 어느 쪽에 완전히 속한 곳은 아니지만, 다소 사파적인 성향이 강한 곳이다.

"철련문이라……."

해야 할 일이 정해졌다.

적월이 자리에서 일어나며 말했다.

"우선 거기부터 족쳐 봐야겠군."

저녁 무렵 죽립으로 얼굴을 감춘 적월이 강문에 들어섰다.

다름이 아니라 마지막으로 여정을 떠나기 전에 둘의 얼굴이나 한번 보고 싶어서였다.

이번에 떠나면 얼마나 오랜 시간이 걸릴지 모른다.

직접 대면하고 이야기를 나눌 생각은 없다.

그저 멀리서 아주 잠시라도 둘의 행복한 모습을 보고 떠나고 싶은 마음뿐이다.

적월이 향하는 곳은 강문에 있는 거처가 아니었다.

비록 같이 지내는 것은 아니지만 그들의 하루 일과를 꿰고 있는 적월이다. 저녁 식사를 마치면 둘은 항상 강문에 있는 강가에 나와 시간을 보내곤 한다고 들었다.

강가에 있다면 멀리서 조용히 보고 돌아가기 더 좋을 거라는 생각에 일부러 이 시간에 맞춰서 강문에 온 것이기도 했다.

적월은 강가로 움직였다.

그리고 강가를 따라 움직인 지 얼마 되지 않아 너무나 익숙한 두 사람의 모습이 들어왔다.

적사문과 홍초희였다.

둘은 가만히 서서 강을 바라보고만 있었다.

강바람에 비어 있는 적사문의 왼쪽 옷소매가 펄럭인다.

'아버지, 어머니…….'

그날 이후 처음 보는 둘의 모습이다.

적사문의 살아 있는 모습을 보니 마음이 울컥한다. 마음 같아서는 당장에 달려가 둘과 오랫동안 쌓아 둔 이야기를 하고 싶다.

하지만 적월은 그러지 않았다.

둘의 평화로운 모습을 본 것만으로 지금 당장으론 족하다.

아련한 눈으로 둘을 바라보던 적월이 몸을 돌렸다.

이제 더는 약해지지 않으리라.

막 적월이 몸을 돌리고 걷기 시작할 무렵 강을 바라보던 적사문이 고개를 돌렸다.

적사문의 시선에 이제는 강가를 거슬러 올라가고 있는 누군가의 뒷모습이 보였다.

너무나 먼 거리, 무공을 익히지 않은 적사문으로서는 형체를 알아보는 것 정도가 전부다.

적사문은 멀어져 가는 정체불명의 인물을 바라보다 천천히 손을 흔들었다.

그런 적사문의 행동에 홍초희가 주변을 두리번거리다 물었다.

"누구한테 인사하는 거예요?"

홍초희의 질문에 적사문은 그저 의미 모를 묘한 미소만 머금었다.

第三章
살문(殺門)

자주 부탁 좀 하지

　호북성의 성도 무한(武漢)에 있는 낡지만 제법 큰 고서점.

　꽤 오래된 책들이 쌓여 있는 이곳은 제대로 관리를 하지 않아서인지 먼지가 가득했다. 그 탓에 고서들을 찾는 서생들조차 발걸음을 하지 않는다는 악평이 자자한 곳이다.

　그럼에도 불구하고 이 고서점은 항상 아침 일찍 열렸다.

　하루에 손님이라고는 한둘조차 오지 않는 그런 고서점 안에 중년의 사내가 앉아 있었다.

　사십 대 중반에 평범한 외모의 사내.

　그가 앞에 놓여 있는 서책을 바라보며 깊은 한숨을 내쉬었다.

"후우."

한숨을 내쉬는 고서점 주인의 정체는 다름 아닌 살문의 문주인 초운학(楚運壑)이었다.

살문은 수십 년 전까지만 해도 중원에서 제일가는 살수 집단이었다. 그들은 뛰어난 정보력과 수많은 특급 살수들을 지니고 셀 수도 없는 살행을 성공시켰다.

그때까지만 해도 중원제일의 살수집단이라는 위명이 평생 갈 줄 알았다.

그러던 중 삼십 년 전 살문의 역사를 바꾸어 버린 일이 벌어졌다.

황실과 연관된 누군가를 죽여 달라는 청부를 받았고, 이에 살문은 그것을 받아들였다. 상대는 그리 대단치 않은 벼슬아치였다. 욕심 많고 포악한 전형적인 탐관오리.

청부받은 의뢰는 반드시 성공시킨다는 살문의 이름 아래 당연히 살행은 완벽하게 마무리 지었다.

문제는 바로 그때 일어났다.

그 벼슬아치와 의형제를 맺고 있던 비룡문 문주가 움직였던 것이다.

당시 살문의 비밀 거점으로 비룡문 수백의 무인들이 기습을 했다.

있을 수 없는 일이다.

살문의 비밀 거점은 정말 극소수의 사람을 제하고는 알지 못한다.

믿을 수 없었지만 그것은 현실이었다.

그날 살문은 특급 살수 대부분을 잃어버렸다.

사람들은 그 사건을 비문혈겁(飛門血劫)이라 불렀다.

비문혈겁 이후 살문의 세력은 극도로 약해졌고, 그 틈을 이용해 여타의 살수 집단들이 하나둘씩 고개를 내밀었다.

그나마 아직까지는 무림의 양대 살수 문파로 꼽히고는 있지만 점점 비사문에게 밀리고 있는 추세다.

이제는 최고의 살수 문파로 사람들은 살문이 아닌 비사문을 이야기하고 있다.

분하지만 그것이 바로 현실이었다.

비문혈겁 이후 살문이 가장 먼저 한 일은 본타를 옮기는 것이었다. 그리고 놀랍게도 살문은 그 본타를 무한에 지었다.

살수들의 본거지라면 자연스레 외지에 있을 거라 생각한다.

하지만 살문은 오히려 그 반대였다.

그들은 호북에서 가장 큰 성도로 숨어들었다.

물론 그러한 사실을 아는 이는 손으로 꼽을 정도로 적겠지만 말이다.

그 누가 이런 허름한 고서점을 보며 살수들을 생각하겠는가. 그리고 실제로 주인 행색을 하고 있는 초운학만 봐도 그러했다.

특징 없고 순해 보이는 얼굴.

하지만 초운학은 그런 겉모습으로 판단해야 할 사내가 아니었다.

초운학은 열 살이 되기도 전부터 사람을 죽이는 훈련을 받았고 백 번이 넘는 살행을 성공시킨, 이 바닥에서는 한 손에 꼽는 초절정 살수다.

평범해 보이는 외모는 결코 살수처럼 보이지 않는다.

하지만 그 외모에 속는다면 아마 그 때가 목숨을 잃는 순간일 게다.

평소에는 차분하지만 살행을 할 때만큼은 그 누구보다 과감하다.

그랬기에 이토록 젊은 나이에 살문 문주가 될 수 있었고, 여태까지 목숨을 부지할 수 있었던 것이다.

더군다나 이나마 살문이 버틸 수 있었던 것은 바로 초운학 덕분이다.

그는 무공뿐만이 아니라 머리도 지닌 사내였다. 초운학은 최선을 다해 살문의 명맥을 지켜 내고 있었다.

하지만 이제 그 명맥을 지키는 것도 점점 힘겨워지고 있다. 초운학의 한숨이 늘어나는 것은 바로 그 때문이었다.

일거리가 준 것은 아니다.

분명 겉으로 보기에는 예전과 크게 다를 것 없어 보인다. 하지만 속내를 들여다보면 전혀 아니다.

자잘한 일거리들은 분명 비슷할지 모르겠다.

문제는 큰 일거리가 없다.

살문의 이름을 알릴 만큼 큰 일거리들이 들어와야 했다.

그래야 점점 죽어 가는 살문을 살릴 수 있지 않겠는가.

한데 날이 갈수록 그런 청부는 줄어만 들고 있다. 특급 살수들이 언제 움직였는지 이젠 기억조차 나지 않는다.

이유는 알고 있다.

비사문이다.

커다란 일들은 모두 비사문으로 들어가고 있다. 뒤에서 누군가가 봐주고 있는 것 같은데 그게 누구인지는 잘 모르겠다.

어떻게든 이 상황을 바꿔야 한다는 건 알지만 그럴 방도가 없다. 해결할 수 없는 고민 때문에 초운학은 폭삭 늙어 가는 것을 느꼈다.

바로 그 때였다.

덜커덩.

문이 열리며 젊은 사내가 걸어 들어왔다.

너무나 곱상해 순간 여인이 아닌가 하는 착각이 들게 만드는 사내였다.

초운학은 사내를 힐끔 쳐다보더니 이내 관심 없다는 듯이 책을 읽는 시늉을 했다. 하지만 그것은 모두 거짓된 행동이다. 실제로 초운학의 모든 신경은 지금 들어온 사내에게로 향했다.

지금 초운학이 있는 곳은 낡은 고서점이다.

너무나 세련되어 보이는 저 사내와 고서는 뭔가 어울리지 않는다. 더군다나 사내는 서책을 뒤척이지만 그 눈은 결코 책을 즐기고 있는 것 같지 않았다.

대충 휘휘 책을 살피고 있지만 그것들은 공통점조차 없다.

논어를 살피다가도 춘화가 가득 그려진 서책을 본다.

오랜 시간 단련된 날카로운 눈썰미는 단번에 상대가 그저 책을 사러 온 자가 아니라는 것을 알아차렸다.

책을 찾으러 온 자가 아니라면······.

'위험해.'

이곳이 살문 본타라는 걸 아는 이는 살문 내에 몇 명뿐. 그들이 누구인지는 초운학이 모두 알고 있다.

초운학의 손이 엉덩이로 깔아뭉개고 있던 방석 아래로 향했다.

암기를 잡은 손이 빠져나오려는 바로 그 순간이었다.

서책을 바라보며 사내가 입을 열었다.

"지금 하는 생각 바꾸지 않으면 죽을지도 몰라."

너무나 담담하게 말하는 사내의 모습에 초운학은 움찔했다. 그러고는 그게 무슨 소리냐는 듯이 고개를 들며 말했다.

"무슨 소리요?"

"정말 몰라서 물어?"

사내가 천천히 고개를 돌려 초운학을 바라봤다.

"아······."

정체불명의 사내와 마주한 초운학은 자신도 모르게 탄성을 내질렀다.

들어올 때 느꼈었지만 너무나 아름다운 사내다. 그리고 그 아름다움만큼이나 날카로운 가시를 지녔다는 것도 알아차렸다.

사내의 정체는 적월, 그가 이곳 호북 무한에 온 것이다. 그리고 적월은 이곳이 어딘지 잘 알고 있었다.

서책을 꽂아 넣은 적월이 휘 둘러보며 말했다.

"이곳은 변한 게 없군. 어떻게 시간이 그리 지났는데 책 위치까지 다 똑같아? 그나저나 이제 죽이려는 생각은 버린 건가?"

"……."

초운학은 아무런 말도 하지 않고 적월을 바라봤다.

무슨 소리를 하는 거냐고 더 발뺌을 할 생각조차 없다. 이 사내는 이미 모든 것을 알아차리고 있었다는 확신이 들어서다.

초운학의 표정이 딱딱하게 굳어 있었다.

살문의 본타다.

이곳의 위치를 들켰다는 것은 결코 있어선 안 되는 일이다. 다시금 삼십 년 전 비문혈겁과도 같은 일을 벌어지게 할 수는 없다.

초운학이 표정을 굳힌 채로 입을 열었다.

"어떻게…… 이곳을 알았느냐."

"와 본 적이 있거든. 아주 오래전에."

살문과 깊은 인연이 있는 것은 아니다. 하지만 마교 교주 시절 이곳 살문 본타에서 며칠간 신세를 진 적이 있다. 아니, 정확하게 말하자면 이곳을 만들어 준 것이 적월 자신이었다고 해야 옳을까?

전대 살문 문주와는 약간의 인연이 있었다.

살수의 무공이 궁금했던 적월이 그를 마교로 직접 초대해 보름가량 같이 지냈던 적이 있다.

그리고 비문혈겁 이후 무너져 내리는 살문을 살리고 싶었던 전대 문주가 훗날 적월을 찾아왔다.

비밀리에 커다란 거처를 만드는 건 쉬운 일이 아니었다.

하지만 살문 문주에게는 천천히 그런 공간을 만들 시간이 없었다. 그랬기에 그는 적월을 찾아와 간곡한 청을 했었다.

당시 적월에게 그건 그리 어려운 일이 아니었다.

마교에는 수많은 비밀 거점들이 있다.

그리고 그 거점이 들켰을 때 옮길 만한 또 다른 제 이의 거처들도 즐비하다. 그중에 하나를 내줬을 뿐이다. 그것이 지금의 이곳 무한에 위치한 고서점이다.

모를 리가 없다.

적월에게는 당연한 일이었지만 초운학에게는 아니었다.

와 본 적이 있다니?

이곳이 어디인데 정체불명의 외지인이 와 본 적이 있다고 한

단 말인가.

상대의 말을 곧이곧대로 믿을 정도로 초운학은 바보가 아니다.

초운학이 자리에서 일어났다.

손에는 아무런 것도 들려 있지 않았지만 어차피 초운학은 살수다.

그가 마음을 먹는 순간 사방에 있는 수많은 암기들이 터져 나갈 것이다.

자리에서 일어난 초운학이 적월을 향해 말했다.

"다시 한 번 묻지. 어떻게 이곳을 알았느냐."

"방금 말했잖아?"

"끝까지 거짓말을 할 생각이냐?"

말을 하며 초운학이 슬쩍 발로 바닥에서 살짝 튀어 나온 부분을 눌렀다.

이것은 혹시 모를 외부인의 침입을 위해 만들어 둔 장치였다.

지하 통로 안에 있는 공간에서 수많은 특급 살수들이 지내는 곳이 바로 이곳이다. 신호를 보냈으니 눈 깜짝할 사이에 그들이 이곳에 모습을 드러낼 것이다.

특급 살수들이 어둠 속에 숨어드는 것은 찰나였다.

신호를 보내기가 무섭게 그들이 다른 통로를 이용해 몰래 모습을 드러낸 것이다.

살문의 특급 살수들이다.

기척을 완벽하게 숨긴 그들의 존재를 알아차린다는 건 불가능에 가깝다. 수하들의 등장을 느끼며 한결 편안해진 마음으로 초운학은 적월을 바라봤다.

이곳을 어찌 알아차렸는지 알아내야만 한다.

하지만 그건 어렵지 않을 것이다.

살문 살수들은 끔찍한 고문에도 일가견들이 있으니까.

살아 있는 이상 입을 벌리게 하는 것은 일도 아니다.

막 초운학이 입을 떼려는 그 순간 적월이 먼저 말문을 열었다.

"건물이 오래돼서 그런가? 쥐새끼들이 많군."

말을 마친 적월이 갑자기 발로 땅을 강하게 밟았다.

쾅!

그 충격 때문일까?

위쪽 책장에 꽂혀 있던 책 한 권이 적월을 향해 떨어져 내렸다. 그리고 바로 그 순간 적월의 손이 움직였다.

파라락.

손도 대지 않았거늘 책 안에 있는 종이들이 단숨에 한 장씩 찢어지며 허공을 맴돈다.

그 모습에 초운학은 일순 무슨 말을 해야 할지 찾지 못했다.

'허, 허공섭물!'

아니다. 그저 단순한 허공섭물이 아니다. 수십 장의 종이들이 붉은빛에 휩싸인 채 제각기 몸 주변으로 돌아다닌다. 흡사 생명이라도 있는 것처럼…….

허공섭물이라 표현할 수가 없다.

이것은 초운학의 상식으로는 생전 처음 보는 새로운 경지였다.

적월의 손이 흔들렸다.

파앗!

종이들 몇 장이 마치 암기처럼 쏘아졌다.

파파팍!

책을 이루고 있던 종이들이 쏘아져 나가 사방에 틀어박혔다.

믿을 수 없는 일격이 끝나고 쏘아져 나가지 않았던 나머지 종이들은 펄럭이며 떨어져 내렸다. 그리고 그 안에서 적월은 여유 있는 표정으로 초운학을 바라보고 있었다.

초운학은 침을 꿀꺽 삼켰다.

저 종이들이 틀어박힌 곳은 정확하게 특급 살수들이 숨어 있는 장소였다. 게다가 숨어 있는 그들의 정확히 한 치 앞까지만 박힌 것은 결코 실수가 아니다.

일부러 맞히지 않은 것이다.

마음만 먹었다면 저 책장들은 전부 자신의 수하들에게 날아갔을 게다.

초운학은 멍한 눈으로 적월을 바라봤다.

대체 누구인가. 저런 사내에 대해 이야기를 들어 본 적도 없다.

초운학은 알아 버렸다.

지금 숨어 있는 특급 살수들로도 이자는 어떻게 할 수 없다.

초운학은 싸울 의지를 완전히 잃어버렸다.

공포가 아니다.

이건…… 공포를 뛰어넘는 경외다.

초운학이 손을 들어 올리며 말했다.

"다들 물러가라."

그 한마디에 이 고서점에 모여들었던 살수들 모두가 사라졌다.

초운학의 명령이 마음에 들었는지 적월이 씩 웃었다.

"이제야 이야기를 할 생각이 드나보군."

"당신은…… 누굽니까?"

초운학의 말투가 자신도 모르게 급격하게 공손해져 있었다.

적어도 초운학이 보기에 이 사내는 이만한 대접을 받을 가치가 있어 보였으니까.

적월이 짧게 대꾸했다.

"적월."

"적월……."

역시나 모르겠다.

적월이라는 이름은 들어 본 적도 없다. 하지만 이토록 경외감을 느끼게 하는 상대를 어찌 우습게 볼 수 있겠는가.

상대가 자신을 죽이려 했다면 이미 죽었을지도 모른다는 생각이 드는 건 아마도 착각이 아닐 게다.

초운학이 물었다.

"저에게 용무가 있어서 온 겁니까?"

"당연하지. 그렇지 않으면 내가 네놈을 만나러 올 턱이 있겠느냐?"

초운학의 태도는 공손했고, 어려 보이는 적월의 말투는 오만함까지 느껴졌다. 하지만 그럼에도 불구하고 초운학은 불쾌감을 느끼지 못했다.

상대를 압도하는 적월의 기운과, 방금 전 보았던 무위 때문이었다. 초운학은 흡사 자신이 이 적월이라는 사내의 수하가 된 듯한 느낌까지 들어 버렸다.

만난 지 일각조차 되지 않은 사내에게 말이다.

적월이 천천히 초운학의 옆으로 다가가 자리에 앉았다. 그러고는 입을 열었다.

"좀 알아봐 줬으면 하는 게 있는데."

"뭡니까?"

"비사문주 놈이 어디 있는지 알아봐 줘."

"비사문주요?"

의외의 명령에 초운학이 되물었다.

다른 자도 아닌 비사문의 문주라니……

왜 그러냐는 듯한 초운학의 표정에 적월이 웃으며 말했다.

"죽여 버리려고."

웃으며 담담하게 내뱉는 말.

하지만 초운학은 결코 그 말이 가벼이 들리지 않았다.

진심이다. 이 사내는 진심으로 비사문주를 죽이려 하고 있다.

초운학이 떨떠름한 표정으로 말했다.

"……진심이시군요."

"난 농담 안 해. 기다리고 있을 테니 알아보고 연락하도록 해."

적월은 결코 원한을 잊지 않았다.

그곳에 왔던 비사문 살수들 모두를 죽이긴 했지만 그것만으로는 부족했다.

비록 적사문이 살기는 했지만 큰 부상을 입고 생사를 오갔다.

그리고 이제는 말을 하지 못하는 안타까운 신세가 되어 버렸다. 적월이 이러한 원한을 그냥 잊을 리가 없었다.

이 청부를 받았던 비사문주를 비롯해 그들의 뿌리를 뽑아 버려야만 이 주체할 수 없는 화가 조금이나마 풀릴 것 같았다.

물론 주천영도 마찬가지다.

놈을 용서할 생각은 눈곱만큼도 없다. 다만 아직은 황궁에 있는 주천영을 건드릴 때가 아니라 생각하여 시기를 뒤로 미루는 것뿐이다.

단 한 명도 용서치 않을 것이다.

자신과 부모님을 건드렸던 그 모든 놈들을.

적월이 자리에서 일어나자 초운학이 황급히 물었다.

"이유를 물어도 되겠습니까?"

"이 년 전쯤에 놈들은 해선 안 될 청부를 받았거든."

"이 년이라면…… 설마 비사문 부문주가 실종된 그 사건을 말하시는 겁니까?"

초운학은 바로 알아차렸다.

그만큼 그 사건은 이 바닥에서는 엄청난 일이었다. 비사문 수십의 살수들이 모두 사라졌다. 그것도 세상에 존재했던 일 말의 흔적조차 남기지 않고.

뼈 하나 찾을 수 없다는 그 사건을 어찌 초운학이 모를 리가 있겠는가.

그 일로 비사문 또한 적지 않은 타격을 입었다고 들었었다.

너무나 간단한 청부였다고 들었다.

그리고 그와는 어울리지 않는 어마어마한 보상까지.

그래서 비사문은 무공을 모르는 몇 명을 죽이는 데 특급 살수와 부문주 현패특까지 보냈다고 한다.

완벽한 성공을 위해서.

한데 그 살행에 나선 자 중에 돌아온 이는 아무도 없다. 지금까지 비사문은 그 일에 대해 조사를 하고 있다고 들었는데…….

초운학이 조심스럽게 물었다.

"혹시 비사문 부문주는……."

"다 죽였지. 하지만 그것만으로는 성이 안 풀려서."

적월의 말에 초운학은 모든 상황을 알아차렸다.

아마도 그 이 년 전 비사문이 맡았던 일에 적월이라는 사내가 연관이 되었던 듯싶다. 그 일로 인해 비사문은 적월의 심기를 건드렸고 그걸 갚으려고 하는 것이 분명했다.

초운학은 자신도 모르게 안도의 한숨을 내쉬었다.

만약 비사문이 아닌 자신들에게 그런 청부가 왔다면?

받았을 게다.

그만큼 큰돈을 준다는데 마다했을 리가 없다. 그리고 만약 그때 그 청부를 자신들이 받았더라면…… 저 사내의 사냥감은 비사문이 아닌 자신들이 되었을 것이다.

생각이 거기까지 미치자 초운학은 자신도 모르게 식은땀이 흘렀다.

그 사건이 자신들이 아닌 비사문에게 간 것을 하늘에 감사할 뿐이었다.

자리에서 일어나 있던 적월이 생각난 듯이 말했다.

"아, 그리고 다른 것도 좀 찾아 줬으면 하는 게 있는데 이건 그리 어렵지 않을 거야."

"말씀하시지요."

"청해성 공화 근처에 아산촌이라는 곳이 있어. 그곳에 현감으로 있었던 엄등이라는 놈이 어디에 있는지 좀 알아봐 줘. 그리고 전대 마교 교주 용무련이 사용하던 마병 요란도(妖丹刀)도."

"알겠습니다."

"좋아. 얼마나 걸릴 것 같아?"

"열흘은 걸릴 겁니다."

"칠 일 줄게. 나는 아무 객잔이나 가서 쉬고 있을 테니 알아서 찾아오고."

적월의 말에 초운학은 이상하게도 아무런 대꾸도 하지 못했다.

칠 일은 너무 짧다는 말이 목구멍까지 치솟았지만 이내 다시금 수그러들었다.

그런 초운학의 어깨를 두드리며 적월이 말했다.

"늦으면 용서 안 한다."

말을 마친 적월이 몸을 돌려 고서점을 걸어 나갔다. 몇 걸음 걸어가던 적월이 멈추어 서서 책장을 둘러보며 말했다.

"그리고 책들 좀 잘 분류해 두고. 삼십 년 전이랑 다를 게 없네."

말을 마치며 적월이 걸어가는 그 순간 놀라운 일이 벌어졌다.

마치 무엇인가가 잡아당기기라도 하는 것처럼 적월이 지나가는 길을 따라 책들이 후드득 떨어져 내리기 시작한 것이다.

그 광경을 초운학은 멍하니 볼 수밖에 없었다.

책이 떨어져 내리며 먼지들이 사방으로 흩날림에도 불구하고 초운학의 벌려진 입은 닫힐 줄을 몰랐다.

*　　　*　　　*

무한에 위치한 동호객잔(東湖客棧)은 무척이나 전경이 아름다운 곳이었다.

무려 오 층에 달하는 높은 층수와 고급스러운 음식들로 유명한 곳.

이곳은 층수를 위로 올릴수록 숙박비가 갑절로 뛰는데 적월은 그런 동호객잔에서도 가장 비싼 오 층에서 기거하고 있었다.

얼마 전까지만 해도 무일푼 신세였던 적월이 이처럼 호화롭게 있을 수 있는 것은 역시나 염라대왕 덕분이었다.

며칠 전 만났던 그에게서 적지 않은 전표들을 건네받은 덕분이다.

무한은 참으로 아름다운 도시다.

커다란 강이 도시를 가로지르고, 근처에는 동호라고 불리는 엄청난 크기의 호수가 있다. 그리고 동호와 더불어 수많은 시인들과 유랑객들의 발을 잡아끈다는 황학루(黃鶴樓)가 있는 곳 또한 바로 이곳 무한이다.

그처럼 아름다운 도시지만 적월은 아쉽게도 그런 것에는 전혀 관심이 없는 사내였다.

적월은 구경은커녕 객잔에 처박혀 거의 나오지도 않았다.

하지만 전혀 불편하다거나 갑갑함을 느끼지 못했다.

높은 층수에 기거하는 만큼 그에 맞게 대우도 극진하다. 가만히 있어도 알아서 다양한 종류의 식사가 나오고 따뜻한 목욕물도 대령한다.

방은 얼마나 큰지 수십 명의 사람이 기거해도 문제가 되지 않을 것만 같다.

더군다나 창문만 열어도 쫙 펼쳐진 강이 한눈에 내려다보이거늘 굳이 나가서 무엇 하랴.

늦은 밤 적월은 방 안에 홀로앉아 술을 홀짝였다.

오늘이 바로 초운학에게 내준 마지막 칠 일째다.

다른 건 모르겠지만 비사문의 본거지를 찾아내는 건 그리 쉽지 않을 게다.

알면서도 시켰다. 다른 이들에게는 불가능할지도 모른다.

심지어 중원 제일의 정보력을 자랑하는 개방이라 해도 일주일 만에 그들의 본거지를 찾아낸다 장담할 수 없다.

하지만 살문은 가능하다.

그건 결코 살문이 개방보다 뛰어난 정보력을 지녀서가 아니다.

살문의 정보력은 무척이나 뛰어났지만 그렇다 한들 개방에
비할 수는 없다.

천하의 개방조차 할 수 없는 일을 살문이 할 수 있는 건,
바로 그들이 같은 부류이기 때문이다.

비사문과 살문 두 곳 모두 살수 집단이다.

더군다나 둘은 수십 년 전부터 서로 견제를 하며 호시탐탐
상대를 노리고 있다. 당연히 개방에 비해 비사문에 대한 많은
정보를 지니고 있을 게 분명했다.

적월이 막 세 병째의 술을 비우고 있을 때였다.

술잔에 차오르는 술을 바라보던 적월이 입을 열었다.

"한 잔 할래?"

"아닙니다."

대답과 함께 창문에서 초운학이 나타났다.

내색하지 않으려 했지만 초운학은 자신의 은신술이 완벽하
게 들켰다는 사실에 내심 놀라고 있었다.

물론 그날 인간의 것으로 보기 힘든 무위를 보긴 했지만
그래도 내심 은신술이라면 하는 생각을 가졌던 그다.

하지만 그런 초운학의 희망은 산산이 부서졌다. 초운학의
은신술이 적월에게 단번에 깨져 버린 것이다.

적월이 슬쩍 바깥을 바라보며 말했다.

"조금만 더 늦었으면 내가 말했던 날짜가 지났을 거라는

건 알아?"

"죄송합니다. 최대한 일찍 오려 했는데 알아내는 게 늦었습니다."

말을 하면서도 초운학은 속으로 고함을 질러 댔다.

죄송할 게 뭐가 있단 말인가!

비사문이라는 양대 살수 문파의 하나의 본거지를 고작 칠일이라는 시간을 주고 알아 오라고 시켰다.

그것을 칠 일이라는 짧은 시간 안에 해결하느라 자신이 얼마나 죽을 고생을 했던가.

하지만 여전히 적월 앞에서 초운학은 차마 불만을 토해 내지 못했다.

적월이 술잔을 내려놓으며 말했다.

"말해."

"예, 그럼 우선 비사문의 거점에 대해 말씀드리겠습니다."

공손하게 말하는 초운학을 향해 적월이 고개를 끄덕였다.

초운학이 말을 이어 갔다.

"사실 살문에서는 오래전부터 비사문의 거점을 알아내기 위해 조사를 했었습니다. 그리고 실제로 비사문에 저희 살문 소속의 어린 살수들을 집어넣어 그곳 내부의 정보도 캐 오고 있었습니다."

오래전부터 준비해 온 일, 하지만 비사문의 거점을 알아내는 건 쉬운 일이 아니었다.

초운학은 품 안에서 지도를 꺼내어 들었다.

커다란 지도는 꽤 자세하게 중원의 곳곳을 그리고 있었다.

초운학은 개중에 두 곳을 짚었다. 그 두 곳은 모두 사천에 위치했다.

사천 북쪽의 구채구(九寨溝), 그리고 서남쪽의 목리(木里)가 바로 그곳들이었다.

초운학이 그 두 곳을 가리킨 후에 적월을 바라보며 말했다.

"오래전부터 저희는 이 두 곳을 의심했습니다."

비사문이 살문을 위협하기 시작한 삼십여 년 전부터 살문은 그들에 대한 조사를 시작했었다.

무려 삼십 년이 넘는 긴 시간을 간자를 보내는 등 여러 가지 방법을 동원하며 조사에 조사를 거듭했다.

적월이 가만히 지도를 보다가 물었다.

"거두절미하고. 그래서 구채구야 아니면 목리야?"

"구채구입니다."

초운학이 힘을 주어 말했다.

사실 거점을 두 군데로 압축했던 것은 수년 전이다.

그리고 수년 전부터 계속된 조사에도 딱히 두 곳 중 어디가 본거지인지 밝혀내지 못했다.

그러던 것을 여러 가지 앞뒤 상황을 판단해 보고 마침내 결단을 내렸다.

백에 백 장담할 수는 없다. 하지만 모든 정황으로 봤을 때

구채구가 거점일 가능성은 두 배 이상이다. 이 정도라면 도박을 걸어 볼만도 하지 않은가.

적월은 지도에 있는 구채구라는 지역을 바라봤다.

운 좋게 적월이 가야 할 북천에 있는 철련문과 그리 멀지 않다.

하지만 방향이 달라 가는 길에 들르거나 하기는 불가능했다.

어디부터 가야 되나 고민하던 적월은 이내 결단을 내렸다. 철련문에 들르기 전에 마지막으로 힘도 실험해 볼 겸 구채구로 먼저 발걸음을 옮기기로 말이다.

북천과 그리 멀지도 않아 소모되는 시간은 이삼 일 정도밖에 되지 않는다.

마음의 결정을 내린 적월이 다른 것들에 대해 물었다.

"요란도와 엄등은?"

"요란도는 섬서성 부풍(扶風)이라는 곳에 있는 대부호의 손에 있답니다."

"섬서성? 확실해?"

적월이 이상하다는 듯이 되물었다.

마교가 있는 신강도 아니고, 무인도 아닌 대부호의 손에 자신의 병기가 있다니 쉬이 납득이 가지 않아서였다.

적월의 물음에 초운학이 고개를 끄덕이며 말했다.

"정확한 정보입니다. 그 대부호라는 작자의 취미가 무기 수

집이라고 하더군요. 전대 교주의 무기에다가 엄청난 보검이라 가격이 만만치 않았는데도 사들였답니다."

"젠장, 요란도가 울고 있겠군."

마병 요란도가 고작 수집용으로 전락되어 있다는 사실에 적월이 불만을 토해 냈다.

주인을 선택한다는 마병이기에 아마도 그 누구도 쉽사리 요란도를 사용할 수 없었을 테고 그러다 보니 그처럼 대부호 라는 놈에게 팔려 나간 게 분명했다.

툴툴대는 적월을 향해 초운학이 엄등에 관한 이야기를 꺼 냈다.

"아, 그리고 알아보라고 하신 엄등이라는 자는 지금 감찰 사가 되어 호남 지역에 머무르고 있답니다."

"큭큭! 그런 놈이 감찰사라고?"

적월이 어처구니없다는 듯이 웃었다.

하지만 이내 고개를 끄덕이며 비꼬듯이 말했다.

"성공했네. 촌동네 현감에서 감찰사라니. 줄을 잘 잡더니만 원하던 바는 이룬 것 같군."

원래부터 욕심이 많았고 자신과 적사문을 눈엣가시처럼 여 기던 자다. 기회가 생기자 바로 자신들을 죽이는 일에 동참한 자가 바로 그 작자다.

비웃음을 머금고 있는 적월을 향해 초운학이 조심스레 물 었다.

"한데 조금 이상한 게 있습니다."

"이상한 거라니?"

"아산촌이라는 곳 있잖습니까. 그곳이 완전히 사라졌습니다."

"사라졌다고? 그럴 리가."

그리 큰 마을은 아니지만 수백 명 이상이 살고 있는 마을이었다.

어찌 사라질 수 있단 말인가.

초운학이 재차 말했다.

"저도 그게 이상하긴 한데, 마을은 물론이거니와 살던 사람들 모두를 찾을 수가 없습니다. 그 누구의 흔적도 말입니다. 이런 경우는 제가 봤을 때 하나인데……."

"설마……."

"제 생각이 맞다면 모두 죽은 것 같습니다."

"망할."

적월이 짧게 욕설을 내뱉었다.

그리 깊은 인연이 있던 것은 아니지만 그래도 적월에게는 많은 기억들이 있는 마을이고, 사람들이다.

나이 많은 사람들, 어렸을 때부터 적월을 따르던 동네 꼬마들…….

굳이 조사를 하지 않아도 머릿속에 상황이 그려진다.

살인멸구다.

적사문을 알고 있는 그들을 놔두는 것이 주천영에게는 아마 못내 찜찜했을 것이다. 혹여나 관부가 그 일에 개입되었다는 소문이 나선 안 됐다. 그래서 그들은 엄둥을 시켜 제거를 했을 게 분명했다.

적월은 이를 갈며 내려놨던 술잔을 다시금 들어 올렸다.

술을 입안에 털어 넣는 적월을 보며 초운학은 아무런 말도 하지 않았다.

솔직히 말해 이곳에 앉아서 고작 두 번 만난 사내의 눈치를 보고 있는 자신의 모습이 믿기 어렵다.

그럼에도 불구하고 이토록 초운학 자신을 낮출 수 있는 것은 아마도 경외를 느낄 정도의 강함을 느꼈기 때문이다.

어느 정도 비슷해야 투지를 불태우고 할 일이다.

더군다나 적월이 노리는 것은 비사문.

초운학의 입장으로도 전혀 나쁠 것이 없다. 아니, 오히려 쌍수를 들고 환영해야 할 일이다.

갈고닦아진 살수의 날카로운 감각이 계속해서 말하고 있다.

이 사내를 따라야 한다고. 적월이라는 이자와 함께한다면 자신들은 많은 것을 얻을 수 있을 거라고.

바로 그때 술잔을 비운 적월이 초운학을 바라보며 말했다.

"앞으로도 도움을 좀 받았으면 하는데."

"네, 그리하시지요. 원하신다면 살문의 연락망을 사용하셔도 됩니다."

"오, 그럼 나야 좋지."

적월이 씩 웃었다.

초운학이라는 사내가 내심 마음에 들었다.

너무 입안의 혀처럼 간사하게 구는 놈들은 싫다. 하지만 초
운학은 적월에게 굽히면서도 간사하지 않다.

예전부터 이런 자들을 옆에 두었어야 했는데…….

적월이 자리에서 일어나 창가로 다가갔다.

높은 위치였기에 한눈에 무한의 정경이 눈에 들어온다.

자시가 되어가는 밤이었지만 무한의 밤은 화려한 등불들
로 가득했다.

어지러울 정도로 불빛이 일렁이는 무한의 밤거리를 내려다
보며 적월은 머릿속으로 이동 경로를 잡았다.

그리고…….

'좋아, 우선은 그곳부터 가야겠군.'

마음이 정해졌다.

第四章
요란도(妖丹刀)

보물은 그에 어울리는 사람에게
가야 빛나는 법이지

　호북 무한을 떠난 적월이 향한 곳은 사천이 아닌 섬서성
부풍이었다.

　전생에 지녔던 무기인 마병 요란도를 되찾으러 가는 길이었
다.

　다소 돌아가야 하기는 했지만 섬서성을 먼저 들르고 사천
으로 가야 괜한 시간을 낭비하지 않고 빠르게 일처리를 마무
리할 수 있을 거라는 계산 때문이다.

　부풍에 있는 대부호 왕기륜(王麒崙)은 섬서성에서 알아주는
갑부다. 선대부터 알아주던 부호의 집에서 태어난 그는 뛰어
난 상술로 그 재산을 크게 불렸다.

그런 왕기륜의 취미는 신기하게도 보검 수집이었다.

왕기륜은 각양각지에서 특이한 칼이나, 뛰어난 명검들을 수집했다.

그의 창고에 박혀 있는 보검들이 셀 수가 없을 정도라는 소문이 있을 정도다.

당연히 그런 무기에 눈이 머는 무인들이 욕심을 내지 않을 리 없다. 하지만 그 누구도 왕기륜의 창고에 들어가지 못했다.

뛰어난 재력을 지닌 왕기륜은 수많은 고수들을 고용해 자신의 창고를 지켰다. 그랬기에 제아무리 욕심이 난다 해도 함부로 행동할 수 없었다.

더군다나 왕기륜은 섬서성에서 활동하는 부호답게 화산파나 종남파와도 제법 깊은 친분을 지닌 자였다.

적월이 탄 말이 막 부풍에 들어서고 있었다.

부풍은 제법 큰 마을이었다. 물론 며칠 전까지 머물던 무한에 비한다면 무척이나 작은 마을이지만, 거긴 성도이니 큰 것이지 부풍이 작은 게 아니다.

적월이 가장 먼저 찾은 곳은 객잔이었다. 길거리에 널려 있는 객잔 중 아무 곳에나 들어간 적월은 동전 몇 푼을 쥐어 주며 말을 맡겼다.

점심 식사를 하기에는 살짝 늦은 시간.

그래서인지 객잔 안에는 손님이 별로 보이지 않았다. 적월은 구석 자리에 앉아 간단한 식사를 시켰다.

식사를 시킨 적월은 주변을 가볍게 둘러봤다. 손님도 많지 않지만 그들 대부분은 상인으로 보였다.

아무래도 왕기륜이 기거하는 부풍이다 보니 섬서의 많은 상인들이 이곳으로 모이는 것은 당연한 일이다.

적월은 먼저 나온 따뜻한 차로 가볍게 목을 축였다.

시끄럽게 떠들어 대는 상인들의 이야기는 적월의 관심 밖이 었다.

적월은 차를 마시며 앞으로의 일정을 다시 한 번 확인했다.

요란도를 찾는다. 그다음에는 사천 구채구로 가서 비사문을 정리할 생각이다. 그리고 그다음이 바로 명객이 관련되었을 거라 의심되는 철련문에 대한 조사다.

움직이는 이동 경로를 생각하다 보니 이리 되긴 했지만 요란도를 먼저 찾는 게 나쁘지는 않은 것 같다.

보통의 도는 적월의 무공을 견뎌 내지 못한다.

그렇다고 해서 여분의 도까지 치렁치렁 매달고 다닐 수는 없는 노릇 아닌가.

요란도라면 적월의 무공을 충분히 버텨 낼 수 있다.

요란도를 생각하니 적월은 자신도 모르게 손가락 끝이 간지러웠다.

이십 년이 넘게 항상 지니고 다니던 물건이다. 그런 요란도를 다시 손에 쥐게 될 거라 생각하니 왠지 모를 두근거림까지 느껴진다.

그런 적월의 상념을 깬 것은 조그마한 점소이었다.

"식사 나왔어요."

"……."

적월은 점소이 소년을 바라봤다.

나이는 십 대 초반 정도.

적월은 탁자 위에 음식을 올려 두고 떠나려는 점소이 소년에게 말을 걸었다.

"묻고 싶은 게 있는데."

점소이가 고개를 돌려 적월을 바라봤다.

아까 말을 맡기면서 동전 몇 푼을 쥐어 준 탓인지 점소이는 그리 귀찮은 표정을 짓지 않았다.

"왕기륜이라는 자의 집을 찾으려고 하는데 어디로 가면 되느냐."

"그거야 간단해요."

점소이 소년이 창문 바깥쪽 한쪽 방향을 가리키며 말했다.

"이쪽으로 조금만 가시다 보면 좀 더 큰 거리가 나올 거예요. 거기에 주변과 비교도 안 되게 커다란 건물 하나가 있는데 거기가 왕 대인의 집이에요."

"그래? 고맙다."

말을 마치고 식사를 하려는 적월에게 점소이가 다시금 말했다.

"그런데 왕 대인의 집에는 왜 가시는 건데요?"

"아아, 왕 대인이라는 자를 만날 일이 있어서."

"약속은 하고 오셨어요?"

"아니. 본 적도 없는데 약속은 무슨."

적월의 말에 점소이 소년이 고개를 절레절레 저으며 혀를 찼다. 그런 점소이를 적월이 왜 그러냐는 듯이 바라봤다.

점소이 소년이 말했다.

"못 만날걸요. 왕 대인은 아무나 만나지 않거든요."

나이는 어리지만 이 객잔에서 일한 지 삼 년이 훨씬 넘었다. 그동안 수많은 이들이 왕기륜을 만날 목적을 가지고 부풍에 찾아오는 것을 봐 왔다. 어떻게든 그의 눈에 들어 한몫 벌어 보려는 자들.

점소이 소년의 눈에는 적월도 그들과 비슷한 부류로 보였던 것이다.

그나마 적월이 마음에 들었기에 이 같은 정보도 주는 거다.

부풍에 온 사람들은 어떻게든 왕기륜을 만나 보려고 이곳에서 몇 달의 시간을 축내곤 했다. 물론 그렇게 오랜 시간을 투자했다고 해서 그들이 왕기륜을 만난 것은 결코 아니다.

그들은 모두 시간만 버린 채로 빈손으로 돌아가야만 했다.

점소이 소년은 적월에게 그런 일을 하지 말라고 사전에 충고를 해 주는 것이었다.

하지만 적월은 그런 점소이의 말을 대충 흘려들었다.

지금 적월은 어떤 방식으로 요란도를 회수할까 하는 생각만 가득했기 때문이다.

점소이 소년은 자신의 충고에도 별반 반응을 보이지 않는 적월을 보며 툴툴거렸다.

"전 말해 줬어요. 괜히 시간 보내지 마시고 가시는 게 좋을 거예요."

말을 마친 점소이 소년이 주방으로 사라졌다.

적월은 국수를 대충 먹고는 자리에서 일어났다.

방금 전 점소이에게 들었던 대로 걸으니 단번에 알아볼 수 있을 정도로 커다란 장원이 눈에 들어왔다.

그리고 그 장원 앞에는 수많은 사람들이 줄지어 서 있었다. 한눈에 봐도 어떻게든 왕기륜과 연을 만들어 볼까 하는 자들이 대부분이다.

적월은 가만히 선 채로 왕기륜의 장원을 바라봤다.

여러 가지 생각들이 오갔다.

그냥 들어가서 뺏어 오자니 뭔가 보기 그렇다는 생각이 들어서다.

적월이 뒷머리를 긁적이다가 이내 결단을 내렸다.

천천히 정문 쪽으로 걸어갔다.

그곳에는 문을 막고 서 있는 무인들이 있었다. 그리고 그 앞쪽으로 찾아온 방문객들의 이름을 적는 문인이 하나 보였다.

쭉 죽을 선 채로 그곳에 자신들의 이름을 말하고 있지만 아마도 이들은 모두 왕기륜을 만나지 못할 게다.

적월은 줄을 설 생각도 하지 않고 갑작스럽게 제일 선두로 불쑥 끼어들었다.

"어어? 이 친구 보게?"

제일 선두에 있던 사내가 이게 뭐 하는 짓이냐는 듯한 행동을 취해 보였지만 적월은 전혀 신경 쓰지 않았다. 그는 고개조차 들지 않는 문인을 향해 말했다.

"이 집 주인이라는 왕기륜인가 하는 자를 좀 만나러 왔는데 어디로 가면 돼?"

명부에 이름만 적을 뿐 상대를 향해 시선조차 주지 않던 문인이 처음으로 고개를 들었다.

고개를 치켜든 문인은 순간 놀라 버렸다.

너무나 젊으면서 아름다운 외모, 그리고 그에 어울리지 않는 시건방진 말투.

이곳을 찾는 자들이면 대부분 어떻게든 잘 보이기 위해 갖은 입바른 소리를 해 댄다. 오랜 시간 이곳에서 찾아온 손님들의 이름을 적는 일을 해 댔지만 이토록 오만방자하게 말을 거는 자는 처음이다.

순간 울컥했지만 문인은 우선 상대를 살폈다.

따르는 수하들은 보이지 않지만 얼굴에서 귀티가 풀풀 풍

긴다.

더군다나 걸치고 있는 옷 또한 무척이나 고급스러워 보인다.

혹시 상대가 보통 신분이 아닐지도 모른다는 생각에 문인이 조심스레 물었다.

"이름하고 신분이 뭡니까?"

"이름은 됐고 딱히 신분이랄 것도 없는데."

적월의 말에 문인이 슬쩍 표정을 구겼다.

이름이나 신분조차 밝히지 않는 자를 어찌 안에 들일 수 있겠는가.

더군다나 왕기륜은 스스로가 봤을 때 가치가 있다 생각하지 않는 자와는 결코 한자리에 앉지 않는 것으로 유명하다.

문인은 대충 상대에 대해 파악을 하기 시작했다.

외향은 번지르르하다. 하지만 아무것도 보여 주는 것이 없는 자.

이런 자들은 왕기륜의 아래에 있으면서 수도 봐 왔다.

돈이 있는 곳에 꼬이는 벌레 같은 족속들.

문인은 적월을 사기나 쳐 대는 그런 잡배가 분명하다는 판단을 내렸다.

더는 길게 이야기할 필요가 없다는 판단을 내린 문인이 우선 대충 둘러대며 말했다.

"여기 명부에 이름을 적고 가시지요. 추후에 저희 쪽에서 연락을 드릴 테니 그때……."

적월은 문인이 가리키는 명부를 바라보다가 이내 그것을 갑자기 빼앗듯이 들어 올렸다.

그 모습에 문인이 화들짝 놀라면서 자리에서 일어났다.

그가 성난 목소리로 말했다.

"무슨 짓입니까?"

"명부라…… 이거 보긴 하는 거야?"

"그거야 당연히……."

"누굴 바보로 아나."

적월이 피식 웃었다.

볼 리가 있겠는가.

그저 일일이 거절하기 귀찮으니 이 같은 명부를 만든 것이다. 정말 필요한 손님이었다면 이토록 명부에 이름을 적고 기다리고 할 필요가 무엇이 있겠는가.

적월이 명부를 획 집어던지고는 문인을 스쳐 지나가 문을 지키고 있는 수문위사들을 향해 다가갔다.

문인이 황급히 소리쳤다.

"막아라!"

"옙."

문인의 명에 문을 지키던 네 명의 무인들이 적월의 앞을 가로막았다.

한눈에 봐도 커다란 풍채를 지닌 자들이었다. 그런 그들이 흉흉한 눈으로 적월을 둘러싸고는 경고하듯 말했다.

"물러가시지요. 이곳은 공자처럼 세상모르는 자가 함부로 까불 수 있는 곳이 아닙니다."

차갑게 식어가는 주변 공기에 왕기륜을 만나러 왔던 수많은 상인들조차 딱딱하게 굳어 버렸다.

하지만 정작 당사자인 적월은 태평스럽게 입을 열었다.

"사람 하나 만나는데 뭐가 이렇게 힘들어."

"마지막 경고입니다. 물러가시죠. 안 그러면 저희도 힘을 쓸 수밖에 없습니다."

"나도 경고하지. 비켜라. 안 그러면 다칠 거야."

"말이 안 통하는 자로군. 원망은……."

적월은 더는 이야기도 듣지 않았다.

경고는 이미 했다.

쏴아아.

바람이 갑자기 몰아친다. 동시에 적월의 주먹이 내질러졌다.

주변을 감싸고 있던 네 명의 무인이 약속이라도 한 듯이 사방으로 튕겨져 나갔다.

단 일격. 그 일격조차 버텨 내지 못했다.

네 명의 무인이 나뒹구는 것과 동시에 굳게 닫혀 있던 문이 가루가 되어 흘러내린다.

적월은 만족스러운 미소를 지어 보였다.

상상만 해 봤던 일인데 성공시켰다.

내공과 요력을 동시에 사용한 것이다. 네 명의 무인을 동시에 날려 버린 것은 바로 내공을 담은 권풍이었고, 문을 가루로 만들어 버린 것은 의지로 모든 것을 행하는 요력의 힘이다.

'좋아.'

예전이라면 상상도 하지 못할 경지, 그런 경지에 지금 적월 스스로가 올라 있는 것이다. 무인으로서 어찌 흥분되지 않을 수 있겠는가.

적월은 놀라 엉거주춤 서 있는 문인을 향해 말했다.

"지금부터 왕기륜을 만날 생각이니 다른 사람들은 못 들어오게 해."

"뭐, 뭐요?"

마치 자신이 수하라도 된 것처럼 명령을 내리는 적월의 모습에 문인은 당황한 듯이 더듬거렸다.

하지만 적월은 더는 그 문인에게 시간을 쓸 생각이 없었다.

적월은 놀라는 자들을 뒤로하고 왕기륜의 장원으로 발을 들여놓았다.

시끄러운 소란에 안쪽에 있던 무인들이 황급히 달려 나오고 있었다.

적월이 땅을 박찼다.

파악.

달려드는 모든 무인들을 순식간에 뛰어넘는 적월의 모습은 흡사 하늘을 나는 것만 같았다.

수십의 무인들을 단숨에 뛰어넘은 적월이 방향을 바꿔 다시 달려들려는 그들에게 말했다.

"자꾸 귀찮게 하지 마."

다시금 주먹으로 바람이 몰려온다.

장원 안에 있던 무인 중 일부의 안색이 새파랗게 질려 버렸다.

그들은 적월의 기운을 읽을 정도의 수준은 된 것이다.

바로 그때였다.

"잠깐!"

커다란 고함 소리에 적월이 고개를 돌렸다.

뒤쪽에 노인 하나가 선 채로 자신을 바라보고 있었다.

새하얀 머리를 단정하게 빗어 넘긴 노인.

시선을 마주한 적월이 씩 웃었다.

상상했던 것과는 너무나 다르지만 적월은 직감적으로 알아차렸다. 바로 이 노인이 자신이 찾는 왕기륜이 분명했다.

적월이 물었다.

"영감님이 왕기륜입니까?"

"그렇기는 한데 자네는 누구인가? 처음 보는 자인데……."

"찾는 고생은 덜었으니 다행이군요. 영감님을 만나러 왔습니다."

"나를?"

반문하던 왕기륜이 손을 들었다.

그 순간 스리슬쩍 다가오고 있던 무인들이 발걸음을 멈추었다.

왕기륜은 가만히 적월을 바라봤다.

오랜 시간 상계(商界)에 몸담아 온 자신이다. 다른 건 몰라도 사람 보는 눈 하나는 기가 막히다고 자부한다.

자신만만한 상대의 표정에서는 결코 패배라는 단어가 보이지 않는다.

싸우면 안 된다고 왕기륜의 머리가 계속해서 말하고 있다.

나이는 어려 보이지만 보통내기가 아니다.

왕기륜이 주변을 휘 둘러보더니 이내 적월을 향해 차분한 목소리로 말했다.

"차라도 한잔하겠는가?"

"저야 좋지요."

"그럼 따라오게."

말을 마친 왕기륜이 앞장섰고, 그 뒤를 적월이 따라 걸었다. 왕기륜은 가는 와중에도 잊지 않고 수하들에게 한마디를 날렸다.

"멍하니 있지들 말고 다시 문이나 막아 두어라."

"그, 그러겠습니다."

침입자와 갑자기 차를 마시러 간다는 말에 당황하고 있던 중년의 사내가 고개를 끄덕였다. 그런 사내를 뒤로 한 채로 왕기륜은 적월을 데리고 자신의 방으로 향했다.

방은 그리 멀지 않은 곳에 있었다.

커다란 장원의 주인답지 않게 왕기륜의 방은 검소하면서도 실용적이다.

"우선 앉게."

"사양하지 않겠습니다."

적월은 의자를 꺼내어서는 털썩 앉았다.

그러고는 주변을 두리번거리다가 말했다.

"화려할 줄 알았는데 의외군요."

"어차피 나만 쓰는 방인데 화려해서 무엇 하겠는가. 차가 오룡차(烏龍茶)밖에 없는데 괜찮은가?"

"물론이죠."

왕기륜은 직접 찻잎을 다리더니 그것을 두 개의 잔에 채웠다. 차를 준비한 그가 자리에 앉았다.

차로 입술을 적신 왕기륜이 입을 열었다.

"나이를 먹다 보니 궁금한 걸로 시간을 끄는 게 질색이야. 그러니 바로 묻겠네. 대체 그렇게 시끌벅적하게 하면서까지 나를 만나려 한 이유가 무엇인가? 대충 봐도 상인은 아닌 듯한데."

왕기륜을 찾는 대다수의 자들은 상인이다. 이곳 섬서성에서 완벽한 기반을 잡고 있는 왕기륜을 등에 업는다면 그 어떠한 장사를 시작한다 해도 돈을 벌 확률이 높으니까.

하지만 적월은 장사를 할 사람처럼 보이지 않았다.

그렇다면 남은 건 돈인데…….

왕기륜이 물었다.

"설마 돈이라도 빌리러 왔는가?"

"평생 쓰고도 남을 정도는 있지요."

적월은 가슴 부분을 툭툭 치며 말했다.

염라대왕으로부터 다른 지원은 거의 없다고 봐도 무방하지만 돈만큼은 넉넉하다 못해 과할 지경이다.

돈도 아니라는 말에 왕기륜이 고개를 갸우뚱 하며 말했다.

"장사를 도와 달라는 것도 아닌 것 같고, 돈도 아니면 대체 왜 날 찾아왔는가?"

힘으로 문을 날려 버리고 왕기륜 자신의 장원으로 들어선 자다.

생긴 것과 다르게 한가락 하는 무인인 것은 분명했다.

그런 자가 왜 자신을 찾았는지 왕기륜은 쉬이 이해가 가지 않았다.

바로 그때 적월이 말했다.

"무기를 하나 받아 가려고 왔습니다."

"허어, 내 창고를 노리는 자였구먼."

왕기륜의 창고는 무림인들 사이에서도 소문이 자자하다.

다만 화산파나 종남파의 가호를 받고 있기에 어찌할 수 없을 뿐, 무인이라면 욕심이 나는 건 당연하다.

왕기륜은 적월을 신기하다는 듯이 바라봤다.

자신의 장원의 입구를 지키던 무인들은 강호에 소문난 고수들까지는 아니지만 그래도 그 실력들은 결코 무시할 수 없는 자들이다.

그런 그들을 단번에 제압하고 안으로 들어선 자.

물론 수문위사들을 꺾는 것은 보지 못했다.

하지만 대신해서 왕기륜은 장원에 들어서 대치하고 섰던 적월을 봤었다.

눈썰미가 좋은 왕기륜은 단번에 알아차렸다. 적월과 대치한 수많은 무인 중 일부의 안색이 새파랗게 변해 가고 있다는 사실을.

그들은 자신이 고용한 무인들 중에서 손으로 꼽을 수 있는 자들이다.

싸움을 말린 것은 그 이유다.

겉모습만으로 상대를 파악하는 것은 하수 중에 하수나 하는 짓이다.

비록 젊어 보인다 하지만 그 안의 무게가 결코 가볍지 않아 보인다.

대단한 실력을 지녔을 게다.

다만 그 정도의 실력자라면 결코 자신의 뒤에 화산과 종남이 있다는 사실을 모르지는 않을 터인데 이토록 뻔뻔한 부탁을 한다는 사실이 그저 놀라울 뿐이다.

대체 무엇인가.

멍청한 것인가 아니면…… 화산과 종남조차 눈에 보이지 않는 것인가.

찻잔을 들어 올리며 왕기륜이 입을 열었다.

"내가 누군지 아는가?"

"물론이죠."

"그럼 내 뒤에 화산파와 종남파가 있는 것도 알고 왔을 테고?"

적월은 고개를 끄덕였다.

화산파와 종남파라는 말에도 전혀 미동 않는 모습에 왕기륜이 웃음을 흘리며 말했다.

"자네는 용감한 건가 아니면 멍청한 건가?"

"멍청했다면 영감님을 만나지도 못했겠지요."

"허허."

자신의 창고를 노리고 온 자임에도 불구하고 왕기륜은 이상하게 이 사내가 맘에 들었다.

심지가 굳어 보이고 또 전신에서는 여유가 넘친다.

이런 사내는 흔하지 않다.

연신 만지작거리던 찻잔을 내려놓으며 왕기륜이 물었다.

"궁금하군. 자네가 원하는 그 무기가 무엇인지. 내게서 받아가고 싶은 무기가 무엇인가?"

"요란도입니다."

"요란도?"

요란도라는 말에 왕기륜이 잠시 기억을 더듬었다.

그만큼 요란도라는 이름이 왕기륜의 기억에 그리 강하게 박히지 않았다는 소리다.

과거의 기억을 더듬던 왕기륜이 이내 생각이 났는지 손바닥을 소리가 날 정도로 부딪치며 말했다.

"아! 그 골치 아픈 녀석 말이로군."

마병 요란도는 알아주는 물건이었다.

하지만 그것은 예전의 이야기다. 본래의 주인을 잃은 요란도는 그 이후부터 여러 명의 다른 자들의 손을 거쳤다. 하지만 그들 모두 고개를 절레절레 저었다.

보통의 도와 크게 다를 것이 없다는 것이다.

그저 도신의 강도가 조금 강하다뿐이지 어디가나 볼 수 있는 조금 뛰어난 정도의 무기.

도신에 흐르던 보라색에 가까운 알 수 없는 광채조차 사라져 버렸다.

마병이라는 이름을 잃어버린 그저 하나의 도.

그것이 바로 마병 요란도다.

요란도를 기억해 낸 왕기륜이 피식 웃었다.

다른 것도 아닌 요란도라니, 상상했던 병기들과는 너무 달랐던 것이다.

왕기륜이 말했다.

"의외로군."

"뭐가 말입니까?"

"설마 원하는 것이 요란도라고 할 줄 몰랐거든. 이래 봬도 내 창고에는 제법 많은 명검들이 살아 숨 쉬고 있으니까. 그런데 요란도라……."

뇌정신검, 화령무혈검, 동천신검, 월인백린도, 빙염도 등등 이름만으로도 무인들의 눈이 휙 하고 돌아갈 만한 무기들이다.

하지만 요란도는 아니다.

예전이라면 저들과 비교될 수 없는 물건이었지만 지금의 요란도는 창고 구석에 박혀 있는 공간조차 아까운 물건이다.

전대 마교 교주 용무련의 독문병기, 그러했기에 과대평가가 된 물건이라고 사람들은 말하게 된 것이다.

그리고 그러한 생각은 왕기륜 또한 마찬가지였다.

고개를 저으며 왕기륜이 말했다.

"요란도는 과대평가된 물건이야. 내 일찍이 그놈의 이름에 혹해 금 일만 냥을 주면서 그걸 사들였지. 하지만 결코 그만한 가치가 있는 물건이 아니었네. 금 백 냥? 그것조차 아까운 무기더군."

왕기륜의 말에 적월이 피식 웃었다.

왜 그런 평가를 내렸는지 너무나 잘 알고 있다.

하지만 우스웠다.

요란도가 문제가 아니다.

그걸 사용할 수 없는 자들의 손에 들어갔기에 벌어진 일일 뿐이다.

요란도에 너무나 잘 아는 적월이기에 그런 왕기륜의 말에 바로 반박했다.

"무기를 볼 줄 모르시는군요."

적월의 말이 왕기륜의 심기를 건드렸다.

무공에는 재능이 없었다.

그래서 무인이 될 수는 없었다. 하지만 어렸을 때부터 막연히 품었던 무인에 대한 동경, 그것이 시간이 흘러 왕기륜에게 보검 수집이라는 취미를 가지게 한 것이다.

왕기륜에게 보검이란 자신이 이루지 못한 꿈에 대한 막연한 동경이라 봐야 했다. 그런 왕기륜이었기에 무기를 볼 줄 모른다는 적월의 말이 썩 유쾌할 리가 없다.

마치 이루지 못한 꿈조차 무시당한 기분이 들기 때문이다.

왕기륜은 화를 내기 보다는 오히려 침착하니 말을 이어나 갔다.

"나뿐만이 아니라 모두 그리 생각하는 일이야. 아름답다고 소문났던 보랏빛 광채도 사라졌고 전혀 특별하지도 않아. 내 그놈의 광채를 되찾기 위해 얼마나 많은 시간과 돈을 썼는지 아는가? 하지만 요란도는 아무리 갈고 닦아 줘도 빛이 나지 않아."

"그건 요란도를 지녔던 자들이 전부 그것을 사용할 줄 모르는 놈들이었기 때문입니다. 진정 가치가 있는 물건은 그 가치를 알아줄 수 있는 자를 만날 때에 비로소 빛나는 법이니까요."

"말투가 흡사 자네는 요란도를 사용할 수 있다는 것으로 들리는데."

적월은 말이 아닌 웃음으로 왕기륜의 질문에 답했다.

묘한 미소.

하지만 왕기륜은 그 미소 안에 담긴 적월의 대답을 알 수 있었다.

왕기륜이 믿을 수 없다는 얼굴로 말했다.

"뭘 믿고 그리 자신하는지 모르겠군. 요란도는 유명한 대장장이도, 마교의 이름난 고수들조차 어찌하지 못한 무길세."

"제 말을 믿지 못하겠다면 직접 눈으로 보면 되지 않겠습니까?"

"……좋네."

왕기륜이 자리에서 일어났다.

자리에서 일어난 왕기륜이 뜻밖의 말을 던졌다.

"만약 자네의 말대로 요란도에서 보랏빛 광채가 다시금 감돌기 시작한다면…… 두말 않고 요란도를 자네에게 주지. 단!"

하지만 왕기륜은 상인이다.

손해 볼 장사는 하지 않았고, 지금도 마찬가지다. 적월이 마음에 들었던 것은 사실이지만 그 이유 하나만으로 자신이 지닌 것들을 퍼 주지 않는다.

그렇게 살았다면 이 같은 성공은 불가능했을 것이다.

왕기륜이 적월을 내려다보며 무거워진 어투로 말했다.

"요란도에서 빛이 나지 않는다면 그 대가는 톡톡히 치러야 할 걸세."

"영감께서 원하는 게 무엇입니까?"

"빛이 나지 않는다면 나에게 거짓을 말한 것이니 그 죄의 대가로 자네의 혀를 받겠네. 그래도 내 창고를 가겠는가?"

말을 마친 왕기륜이 적월을 내려다봤다.

무엇을 믿고 이러는지 모르겠다.

하지만 왕기륜은 알고 있다. 제아무리 자신이 있다 한들 세상엔 그것만으로 안 되는 일들이 존재한다.

자신이 생각하기에 이 요란도의 일 또한 그러했다.

그 수많은 자들이 실패한 일이다.

이미 이십 년 가까운 시간 동안 사용되지 않은 검, 어찌 그 검에서 다시금 빛이 나게 만들겠단 말인가.

거절했으면 했다.

맘에 들었던 자에게 해를 가하고 싶지는 않았기 때문이다.

하지만 그런 왕기륜 자신의 간절한 마음이 상대에게 와 닿지 않은 듯하다.

왕기륜을 바라보던 적월이 고개를 끄덕이며 자리에서 일어
났다.

"어려운 것도 아니군요. 걸지요."

"……좋네."

왕기륜이 문을 열며 말했다.

"가지."

왕기륜의 창고는 장원의 중심부에 위치하고 있었다.

일반적으로 창고는 외곽에 위치하는 것이 상식이거늘 왕기
륜의 거처는 그렇지 않았다.

마치 거처들이 창고를 지키듯이 감싸고 있다.

그만큼 왕기륜이 창고에 얼마나 많은 애정을 쏟고 있는지
알 수 있는 대목이었다.

창고는 철통 보안으로 지켜지고 있었다. 수십에 달하는 무
인이 한 치의 빈틈도 없이 창고를 지키고 서 있다.

그리고 그곳에 왕기륜과 적월이 도착했다.

창고들을 관리하는 총관 채곤(蔡坤)이 왕기륜의 등장에 황
급히 달려왔다.

평소 이곳에 오기 전에는 항상 먼저 연락을 취했던 왕기륜
이다. 한데 오늘은 일언반구도 없이 이곳에 찾아온 것이다.

채곤이 물었다.

"어인 일이십니까?"

"창고에 좀 가려고 왔네."

"창고라 하오면 어떤 것을 말씀하시는 것인지……."

오랜 시간 왕기륜을 모셔 온 채곤이다.

왕기륜이 직접 이렇게 찾아왔다는 것은 분명 그가 아끼는 보검들이 들어 있는 그곳을 말하는 것일 게다.

알지만 물었다.

그 이유는 적월 때문이다.

창고 안에 들어갈 수 있는 것은 오직 왕기륜뿐.

그를 제외한 그 누구도 창고 안에 들어갈 수 없다.

그런데 지금 왕기륜은 옆에 정체를 모르는 자를 데리고 나타난 것이다.

이자가 누구인지는 채곤 또한 귀가 있으니 알고 있다.

방금 전에 장원을 쳐들어와 소란을 부린 자가 분명하다. 그랬기에 더 이해가 가지 않았다. 왜 왕기륜이 그런 자를 데리고 창고에 나타난단 말인가.

왕기륜은 의문을 품고 있는 채곤을 향해 말했다.

"어디긴 어디겠는가. 내 보물 창고지."

"그, 그러시군요. 그런데 저분과 같이 들어가시려는 것인지……."

"물론이네."

"알겠습니다."

떨떠름한 표정으로 대답하고는 채곤이 창고를 지키고 있는 수하들에게 눈짓으로 비키라는 신호를 보냈다.

　무인들이 양옆으로 비켜서자 문으로 다가선 왕기륜이 크게 심호흡을 했다.

　그러고는 옆에 서 있는 적월을 바라보며 입을 열었다.

　"돌아갈 수 있는 마지막 기회네. 이 안으로 발을 들인다면 되돌릴 수 없어."

　"상관없다 했을 텐데요."

　적월은 살짝 흥분된 목소리로 말했다.

　솔직히 이렇게 되묻는 왕기륜에게 슬쩍 짜증까지 치미는 상태였다. 이 문 안에 요란도가 있다. 그 사실 하나만으로도 적월의 심장이 두근두근 뛰기 시작했다.

　죽는 그 순간까지 유일하게 자신의 곁을 지켜 주었던 마병 요란도. 그놈과의 이십 년 만의 조우다. 마치 오래 된 벗이라도 만나는 것처럼 가슴이 설렌다.

　마지막 경고까지 무시해 버리니 더는 방법이 없다 생각한 왕기륜이 창고의 문을 열었다.

　끼이익.

　이음새끼리 마찰되며 토해 내는 소리가 가볍게 귓가에 맴돈다.

　문을 열자 창고 안의 모습이 슬쩍 눈 안에 들어왔다.

　창고 안은 사방에 걸어 둔 야명주 때문인지 꽤 밝았다. 그리고 안에서는 습기조차 느껴지지 않는다. 그만큼 이 창고의 관리에 소홀하지 않았기 때문이다.

창고 안은 무척이나 화려했다.

셀 수도 없을 정도로 많은 무기들이 양쪽에 진열하듯이 걸려 있었다.

커다란 나무 상자 안에 들어가 있는 보검들과 보도들은 눈을 현혹시킬 정도다. 아름답게 쭉 빠진 검신과 도신들이 사방에서 아름다운 빛을 토해 낸다.

무인이라면 그것들에 시선을 빼앗길 법도 한데…….

창고 안에 다른 이를 들인 건 처음이다.

왕기륜은 내심 자신만만한 표정으로 적월을 바라봤다. 창고 안의 모습에 놀라는 모습을 기대하면서.

하지만 왕기륜의 본 적월의 표정은 기대와는 달랐다.

그는 무신경하게 천천히 안으로 걸어 들어가고 있었다.

가볍게 주변을 보고 있지만 그것은 결코 그것들에 대한 관심이 아니었다.

그저 무엇인가를 찾기 위해 주변을 두리번거리는 것뿐이다.

주변을 둘러보던 적월의 눈에 창고 구석 한편에 박혀 있는 무엇인가가 보였다.

새하얀 천에 둘둘 말려 있어 확인할 수 없었지만 적월은 마치 그 안을 보기라도 한 것처럼 그것을 향해 다가갔다.

그 모습에 왕기륜은 슬쩍 놀랐다.

그 천에 감싸인 것은 다름 아닌 요란도였기 때문이다.

이 창고 안의 내용물들을 알지 않고서 어찌 단번에 요란도를 찾아 낼 수 있단 말인가.

하지만 왕기륜은 놀라고 있을 시간조차 없었다.

손을 뻗은 적월이 하얀 천을 잡아당겼다. 그러자 천이 벗겨지며 그 안에 잠들어 있던 요란도가 모습을 드러냈다.

천에 쌓여 있던 요란도를 확인한 적월의 눈동자가 흔들렸다.

요란도를 보는 순간 과거의 일들이 주마등처럼 스치고 지나갔기 때문이다.

적월이 손을 뻗어 요란도를 움켜잡았다.

'오랜만이구나.'

이십 년에 가까운 시간, 하지만 손에 잡히는 이 익숙한 느낌. 그리움, 미안함 등의 감정이 파도가 되어 밀려든다.

적월은 요란도를 말없이 바라봤다.

항상 보라색으로 빛나던 도신이 빛을 잃어버렸다.

천하제일의 보도라고 불러도 될 만한 놈이거늘 이런 창고 구석자리에서 썩어 가고 있었다. 그 모든 것이 자신의 잘못인 것만 같아 적월은 자신도 모르게 속의 생각을 입으로 내뱉었다.

"미안하구나."

생명도 없는 무기다.

하지만 무인에게 무기는 그저 쇠붙이가 아니다.

그것은 가장 소중한 지기요, 또 자신 그 자체다. 하물며 보통의 물건도 아닌 요란도라면……

창고에 오면 당장이라도 적월을 닦달하려 했던 왕기륜은 아무런 말도 할 수 없었다.

요란도를 바라보는 적월의 눈빛.

그 눈동자에 담긴 수많은 감정들이 왕기륜의 입을 움직이지 못하게 만들고 있었다. 요란도를 바라보는 감정이 담긴 적월의 눈에서 왕기륜은 알 수 없는 두근거림을 느꼈다.

마치 도와 대화를 나누는 것만 같다.

그러한 모습이 왕기륜이 꿈꾸어 왔던 무인의 모습과 너무나 일치하였기에 오히려 그는 넋을 잃고 적월을 바라만 보고 있었다.

적월이 손을 뻗어 도신을 쓰다듬으며 조그마한 목소리로 중얼거렸다.

"오래 기다리게 했구나. 외롭게 해서 미안하다. 그리고 다시 나에게 네 힘을 빌려 줬으면 좋겠구나."

적월의 말이 끝나는 순간 놀라운 일이 벌어졌다.

요란도의 도신이 서서히 떨려 오기 시작한 것이다. 적월은 기다렸다는 듯이 내력을 흘려 넣었다.

그러자 거짓말처럼 요란도의 도신에서 보랏빛이 흘러나오기 시작했다.

그 오랜 시간 누구도 깨우지 못했던 요란도가 다시금 적월을 위해 움직이려고 하는 것이다.

"오, 오오!"

멍하니 보고만 있던 왕기륜의 입에서 절로 탄성이 터져 나왔다.

너무나 아름다운 광채가 아니던가. 이것이 왕기륜이 그토록 거금을 주면서까지 보고자 했던 요란도의 실제 모습이리라.

넋을 잃을 수밖에 없는 아름다운 광채, 요란도가 긴 잠에서 깨어났다.

차앙!

날카로운 소리와 함께 요란도가 적월이 준비해온 도집에 빨리듯이 들어갔다. 아름답게 빛나던 광채도 사라졌다.

요란도가 도집으로 모습을 감춘 덕에 넋을 놓고 있던 왕기륜은 정신을 차릴 수 있었다.

왕기륜은 자신의 앞에 서 있는 적월을 바라보았다.

"그것이…… 진짜 요란도로군."

"약속하셨으니 요란도는 그냥 가져가겠습니다."

"그래, 그렇게 하게."

왕기륜은 고개를 끄덕였다.

망설임 없이 그러라는 왕기륜의 모습에 적월은 내심 이자 또한 보통 인물이 아니라 생각했다. 주겠다고 말했다 하지만 이토록 쉽게 고개를 끄덕이는 건 쉬운 일이 아니니까 말이다.

적월이 묘한 표정으로 입을 열었다.

"금 일만 냥이나 주고 사신 물건인데 너무 쉽게 준다 하시는 거 아닙니까? 좀 더 망설이실 줄 알았는데……."

"허허, 사실은 애써 태연한 척하고 있지만 속으로는 아까워서 죽겠네. 자네 말대로 금화 일만 냥이나 주고 산 놈인데 어찌 아깝지 않을 수 있겠는가. 이래 봬도 나름 수전노라네."

"그런 것치고는 너무나 쉽게 허락해 주시는 것 같은데요."

"자네의 말에 동감하기 때문이야."

"뭐 말입니까?"

"아까 자네가 말하지 않았던가. 가치가 있는 물건은 그 가치를 아는 사람을 만나야 비로소 빛을 발한다는 그 말 말일세."

오랜 시간 상계에 몸담은 왕기륜이다.

돈을 벌다 보니 자연스레 많은 사람들을 보았다. 돈이 많은 자 무공이 빼어난 자 얼굴이 잘생긴 자 등등…….

훌륭한 자들도 있었다.

하지만 오히려 그 반대인 경우가 더 많았다.

그들은 자신이 가진 장점을 살리지 못했다. 아니, 오히려 그것을 악용하기 일쑤였다.

볼 때마다 많은 회의감이 들었다.

재산도, 힘도, 외모도 더욱 그걸 잘 살릴 수 있는 자들이 존재할 터인데 왜 그들이 아닌 저들에게 그 같은 선물을 준 것인가.

그랬기에 적월의 말이 가슴에 와 닿았다.

그 어떠한 물건이든 그에 어울리는 주인이 있다고.

물론 많은 돈을 쓴 물건, 하지만 자신의 창고에 있어 봤자 요란도는 볼품없는 한 자루의 도에 불과할 뿐이다.

그렇다면 다소 아쉽긴 하지만 정말로 그놈을 빛내 줄 수 있는 주인에게 가는 것이 옳다고 생각한다.

그것이 바로 왕기륜의 생각이었다.

왕기륜은 적월의 등에 매달린 요란도를 바라보며 입맛을 다셨다.

아쉽다.

하지만…… 그래도 미련은 없다.

적월이 포권을 취했다.

"잘 받아 갑니다."

"가려는 겐가?"

"할 일이 많아서요."

장사꾼이라 해서 무조건 계산적일 거라 생각했던 적월이다.

하지만 왕기륜을 보니 장사를 하는 자라 해서 꼭 그런 것은 아닌 듯했다. 살문 문주인 초운학도 그러했지만 왕기륜이라는 이자 또한 적월은 내심 마음에 들었다.

연속된 좋은 인연.

하지만 이다음 행선지부터는 결코 이 같은 일이 벌어지지 않을 것이다.

이제부터는 진짜 싸움이 시작될 테니까.

적월이 몸을 돌려 터벅터벅 창고를 걸어 나갈 때였다.

퍼뜩 생각이 난 왕기륜이 소리쳤다.

"아참! 너무 늦었네만 자네 이름이 무엇인가?"

적월이 고개를 돌렸다.

그리고 자신의 대답을 기다리고 있는 왕기륜을 향해 자신만만한 미소를 머금은 채로 대답했다.

"적월입니다."

"적월이라…… 또 봄세."

"우리의 인연이 끝나지 않았다면."

짧은 대답과 함께 적월은 가던 길을 계속해서 걸어갔다. 그리고 왕기륜은 그런 적월의 뒷모습에서 시선을 떼지 못했다.

약관조차 넘지 않은 듯한 어린 사내.

하지만 적월이라는 사내에게서 왕기륜은 알 수 없는 두근거림을 계속해서 느껴야만 했다.

'적월, 적월이라.'

들어 본 적이 없다.

그렇지만 왕기륜은 직감했다.

점점 멀어져 가는 저 사내가 향후 무림에서 결코 가볍지 않은 자가 될 것이라는 것을.

기대가 된다. 저 사내가 살아가는 무림은 어떠한 모습일지.

미래의 일이니 장담할 수 없다. 하지만 단 하나 확실한 게 있다.

저 사내가 있는 무림이 무척이나 재미있을 거라는 것.

왕기륜이 피식 웃었다.

"부럽군."

第五章
구채구(九寨溝)

단 한 명도 살아서 가지 못한다

　요란도를 되찾은 적월의 발길이 도달한 곳은 사천성에 있
는 구채구(九寨溝)였다. 살문주 초운학이 비사문의 본거지가
있을 곳이라 알려 준 바로 그곳이다.

　구채구에 처음 와 본 적월은 아름다운 물을 보고는 감탄
을 자아내지 않을 수 없었다.

　온통 물로 가득한 이곳은 백여 개가 넘는 호수와 십여 개
가 넘는 폭포가 서로 연결되어 흐르는 절경이었다.

　너무나 아름다운 자연 경관이 있으니 자연스레 수많은 방
문객들의 발길이 닿았고, 덕분에 객잔을 찾는 것은 어렵지 않
았다.

수많은 관광객들이 가득한 객잔, 하지만 적월은 시끄러운 그들을 피해 방을 잡고 식사도 그 안에서 해결했다.

어차피 이곳에 놀러온 것이 아니다.

살문에서 이런저런 정보들을 전해 받았지만 정확한 비사문의 위치는 알지 못한다. 그것은 적월이 알아내야 할 일이었다.

식사를 마친 적월이 간단하게 요란도만을 등에 찬 채로 객잔을 빠져나왔다.

아직은 해가 떠 있는 이른 시각, 하지만 적월은 발을 옮겼다.

적월이 간 곳은 마을에서 가장 많은 사람들이 오가는 번화가였다.

번화가에 도착한 적월은 대로변에 난 조그마한 샛길로 들어가 자리를 잡았다.

건물에 기대앉은 적월은 죽립으로 얼굴을 가린 채로 지나다니는 사람들을 살폈다.

겨울이라 날씨가 제법 쌀쌀한 탓에 오가는 사람들의 발걸음이 분주하다. 적월은 그 발걸음들을 유심히 살폈다.

걸음걸이는 그 사람에 대한 많은 것을 알게 해 준다.

상대가 무공을 익혔는지부터에서 또 어떠한 종류의 것을 익혔는지까지. 그 모든 것을 말해 준다.

물론 그러한 것을 알아내는 것은 쉬운 일이 아니다.

하지만 적월은 가능했다.

구채구는 아름다운 도시답게 무인들도 자주 찾는 곳이다. 하지만 산맥 깊숙한 골짜기에 위치한 지리적 특성 탓에 발걸음을 하기가 쉬운 곳은 분명 아니다.

그 탓에 몇 시진을 살폈지만 무인으로 보이는 자들은 한 손으로 셀 정도로 적었다.

적월은 무인들에게는 전혀 신경도 쓰지 않았다.

무인과 살수의 보법은 완연히 다르다. 물론 살수라면 보통 사람처럼 그 발걸음을 숨기고 다닐 공산이 크다.

그만큼 그들은 자신들의 정체를 숨기려 하기 때문이다.

다만 문제는 그 정도로 적월의 눈을 속일 수 없다는 점이다. 적월은 살문의 전대 문주에게서 살수들의 보법과 신법에 대한 많은 것들을 배웠던 적이 있다.

더군다나 그들과는 비교도 할 수 없을 정도로 고강한 경지. 속일 수 있을 리가 없다.

적월은 느긋한 시선으로 대로를 걷는 수많은 이들을 살폈다.

적월의 눈에 수상한 자가 들어온 것은 샛길에서 사람들을 살핀 지 나흘째가 되는 날이었다.

순박해 보이는 사내였다.

그는 겨울철에 산에 있는 밭을 개간이라도 하는지 어깨에 농기구를 짊어지고 있었다. 찬거리를 사고 있는 그를 발견한 적월의 눈동자가 처음으로 빛났다.

최대한 평범함이라는 탈을 쓰고 있지만 발걸음에서는 무엇인가 다른 미묘함이 느껴진다. 더군다나 억지로 감추고 있지만 금방이라도 터질 것 같은 날카로움이 눈동자에 담겨 있다.

'찾았군.'

앉아 있던 적월이 처음으로 자리에서 일어났다.

적월은 적당한 거리를 벌린 채로 사내의 뒤를 쫓기 시작했다.

사내는 뭐 그리도 살 것이 많은지 이곳저곳을 들르고 있었다.

하지만 적월은 결코 그것을 가벼이 보지 않았다. 혹여나 사내가 들르는 곳 중에 어딘가가 비사문의 본타일지도 모르기 때문이다.

그렇지만 사내는 특별한 행동 없이 마을의 외곽으로 향했다.

그리 멀리 떨어지지 않았음에도 불구하고 나무에 몸을 감추며 쫓아오는 적월의 존재를 사내는 알아차리지 못했다.

이내 집에 도착한 사내가 농기구들을 놓고 방으로 들어갔다.

적월은 근처에 있는 나무에 올라선 채로 주변을 둘러봤다.

"흐음."

미심쩍기는 하지만 아직 무엇인가 단서를 찾지는 못했다.

하지만 우선은 살수로 의심되는 누군가를 찾아냈다. 그것 하나만으로도 비사문의 본거지에 한발 다가섰다고 봐야 옳을 게다.

적월은 나무에 주저앉으며 불만스러운 목소리로 중얼거렸다.

"빨리 빨리 좀 움직이라고."

높은 나무 위에 자리한 적월은 몸을 기댄 채로 의심스러운 사내가 들어간 집을 살펴보고 있었다. 늦은 밤, 이미 방 안을 환히 비추던 호롱불마저 꺼진 지 오래다.

그럼에도 불구하고 적월은 전혀 미동도 하지 않았다.

허탕인가 하는 생각이 점점 치켜 들 무렵 적월의 시선에 무엇인가가 잡혔다.

'좋아, 움직였어.'

집 뒤편으로 무엇인가가 움직이고 있다.

적월은 망설이지 않고 나무들을 박차며 그 정체불명의 인물의 뒤를 쫓았다.

순식간에 거리를 좁힌 적월은 상대를 확인할 수 있었다.

상대는 오늘 이 집으로 들어섰던 바로 그 사내였다.

사내는 뒷길을 통해 구채구를 벗어나 조금 더 높은 곳으로 이동하고 있었다.

역시 살문과는 달리 마을 한가운데에 거점을 만드는 짓은 하지 않은 모양이다. 물론 살문의 그 거점 자체가 적월이 마교 교주였을 때 마련해 준 것이기도 하지만.

휘익!

사내는 무척이나 빨랐다.

살수답게 은밀했고, 또 표홀했다. 산을 내달리는 그의 경공술은 한눈에 봐도 살수의 것임을 알 수 있었다.

사내가 멈춘 것은 구채구를 벗어난 지 일각가량이 되었을 무렵이다.

커다란 돌탑 앞에 멈추어 선 사내가 조심스레 주변을 둘러본다.

그리고 아무런 것도 없다는 확신이 섰는지 손을 뻗어 돌탑의 중간 부분을 양손으로 잡고 반대로 교차하듯 돌렸다.

그 순간 조그마한 소리가 흘러나왔다.

쿠르릉.

돌끼리 마찰되는 소리와 함께 막혀 있던 옆면의 돌이 옆으로 밀려났다. 그리고 그곳에는 새카만 동굴의 입구가 모습을 드러냈다.

사내가 막 동굴 안으로 들어가려는 바로 그 때였다.

"여기가 쥐새끼들이 모여 있는 곳인가 보지?"

"……!"

뒤에서 들려온 목소리에 사내의 몸이 딱딱하게 굳어 버렸다.

누가 자신의 뒤를 쫓고 있다는 전혀 눈치채지 못했던 그다. 그랬기에 뒤편에서 갑작스레 들려오는 목소리는 사내를 놀라게 하기 충분했다.

'젠장.'

사내의 생각이 정리되는 것은 찰나였다.

피잉!

뒤로 몸을 눕히며 사내의 소매 속에서 비도 한 자루가 섬광처럼 날아들었다.

너무나 절묘한 일격은 단번에 뒤편에 있던 자를 관통할 것만 같았다.

하지만……

날아드는 비도는 상대의 손아귀로 빨려 들어갔다.

비도를 잡아챘던 적월의 손이 더욱 빠르게 움직였다.

퍼억!

비도가 단번에 미간에 틀어박혔다. 사내는 그대로 숨이 끊어져 버렸다.

털썩.

쓰러지는 사내를 본 체도 안 하고 적월은 열린 동굴 문을 향해 발걸음을 옮겼다.

터벅터벅.

동굴 안은 한 치 앞도 분간하기 힘들 정도로 어두웠다.

적월이 손을 들어 올렸다. 그러자 요기가 발현되었다.

화아악.

적월의 앞쪽으로 커다란 불꽃이 생성되며 주변을 밝혔다. 그리고 그 불꽃에 의지한 채로 적월은 어둠을 헤치며 걸었다.

동굴은 제법 길었다.

무려 일각 가까이를 걷던 적월은 앞에서 불어오는 바람을 느꼈다. 멀지 않은 곳에 입구가 있다는 소리다.

이 동굴은 어딘가로 통하는 길목이었던 모양이다.

그리고 적월의 예상은 적중했다.

얼마 걷지 않아 적월은 동굴을 빠져나올 수 있었던 것이다. 그리고 동굴을 벗어난 적월의 눈에 들어온 것은 열 개가 넘는 자그마한 호수들이었다.

그리고 그 호수 근처로 커다란 창고를 비롯한 거처들이 모습을 드러내고 있었다.

적월은 주변을 둘러봤다.

높은 산들이 이곳을 둘러싸고 있다. 쉽사리 발걸음하기 어려운 곳, 더군다나 위쪽으로 진법도 쳐져 있다.

아마도 이곳은 저 동굴을 통하지 않으면 올 수 없는 곳이 분명하다.

적월이 천천히 등 뒤에 메고 있던 요란도를 뽑아 들었다.

스르릉.

이곳이다.

바로 이곳이 비사문의 본거지다.

적월이 막 요란도를 뽑아 들었을 때다.

옆에서 느껴지는 기척에 적월이 고개를 돌렸다. 멀리서 누군가가 미적거리며 이쪽으로 다가오고 있다.

숨을 수 있었다.

그렇지만 적월은 피하지 않았다.

애초부터 이곳에 온 이유가 무엇인가. 이곳에 있는 비사문 문주를 비롯한 핵심 인물들 전원을 죽이기 위해서다.

적월은 오히려 다가오는 자를 향해 성큼 걸어가기 시작했다. 가까이 다가가면서 적월은 사내가 입은 옷에 있는 하얀색 뱀 문신을 확인했다.

비사문만의 상징인 하얀색 뱀 문신.

그리고 때마침 이쪽으로 다가오던 사내 또한 적월을 발견했다.

낯선 자의 등장에 사내의 안색이 변했다.

"누구냐!"

"몰라도 돼."

말을 마친 적월이 날아올랐다.

파악!

너무나 빠른 공격.

하지만 사내는 비사문의 특급 살수였다. 적월의 공격을 그는 땅바닥을 구르며 황급히 피해 냈다. 언덕인 탓에 사내는 아래쪽으로 구르다가 자리에서 벌떡 일어났다.

사내의 손에서 무엇인가가 날아든다.

하지만 적월은 그것이 무엇인지 단번에 알아차렸다.

비사문의 독문병기 비폭뢰(飛爆雷)다. 이 년 전에는 이놈이 쏟아 내는 수백 개의 비침에 잔뜩 긴장했어야만 했다.

하지만 이제는 아니다.

적월은 요란도를 휘둘렀다.

부우웅!

그저 한 번의 휘두름에 불과했다. 도에서 터져 나온 풍압에 비폭뢰의 비침들이 모두 땅바닥으로 떨어져 내린다.

비폭뢰를 날렸던 비사문 살수는 당황해 버렸다.

피하거나 내공으로 막을 형성했다고 해도 이 정도로 놀라지는 않았을 게다. 그저 도를 휘두르는 것만으로 비사문의 자랑인 비폭뢰를 무용지물로 만들어 버린 것이다.

사내는 상대가 위험한 자라는 걸 알아차렸다.

그는 다급히 품속에 감추고 있던 소라로 만들어진 호각(號角)을 불었다.

삐이이익!

찢어질 듯한 소리가 늦은 밤하늘을 갈랐다.

신호음을 보낸 그가 득의만만한 얼굴로 말했다.

"감히 이곳에 침입하다니…… 죽음으로 갚아야 할 것이다."

이곳이 어디인가.

무림의 양대 살수 문파 중 하나인 비사문의 거점이다.

물론 이곳에 머무는 살수들의 숫자는 많지 않다. 하지만 이곳에 있는 자들이야말로 비사문을 실질적으로 지탱하는 자들.

그런 곳에 단신으로 들어오다니…… 미치지 않고서야 할 수 없는 일이다.

상대의 자신만만한 모습에 적월은 피식 웃으며 대꾸했다.

"도망쳐. 그럼 조금 더 살 수 있을 거야."

"미친놈."

사내는 적월과의 거리를 단번에 좁혔다. 호각 소리를 듣고 비사문 특급 살수들이 모두 이곳으로 몰려올 것이다.

그동안만 버티면 된다.

방어보다는 공격을 선택한 자신의 선택이 옳다 생각했다.

단번에 좁히고 들어간 거리. 두 사람 간의 거리는 고작 반 장도 되지 않았다.

그럼에도 불구하고 그때까지 상대의 움직임은 별반 보이지 않는다.

'좋아!'

이 정도의 거리라면 죽일 수 있다.

비사문 무공인 사혼십삼비(蛇魂十三飛).

열세 개로 이루어진 초식, 그리고 그중에 마지막 열세 번째 초식인 사혼출수(蛇魂出水)는 일 장 간격 안에 있는 자에게 생명을 앗아 가는 치명적인 일격을 가한다.

그 움직임은 섬광!

막 손에서 비도가 떠나려 하는 바로 그 때였다.

가만히 서 있던 적월의 몸이 일순 사내에게 다가왔다.

그리고 사내의 머리통을 손바닥으로 움켜잡았다. 머리를 움켜쥔 채로 적월은 사내를 옆에 있는 바위에 처박았다.

콰드득.

섬뜩한 소리가 귓가를 맴돈다.

적월은 잡고 있던 손을 천천히 놓았다. 바위에 얼굴이 틀어박혔던 사내의 몸이 서서히 무너져 내렸다.

머리통이 반쯤 뭉개져 버렸다.

점점 정신이 흐려져 간다.

시선이 뿌옇게 변해 가는 와중에도 사내는 적월을 바라봤다.

믿을 수가 없었다.

'어떻게……'

비도가 출수 직전까지 뻗어졌다. 상대가 움직인 것은 바로 그 직후, 한데 자신보다 상대가 더욱 빨랐다.

모르겠다. 어떻게 그런 일이 가능한지.

하지만 그 궁금증을 풀기도 전에 사내의 숨이 끊어졌다.

적월은 산 아래를 바라봤다. 모습을 감추고 있지만 자신을 향해 다가오고 있는 수많은 기척들이 느껴진다.

자신을 향해 다가오는 비사문 살수들의 움직임을 느끼며 적월도 발을 뗐다.

참으려 했지만 절로 살기가 뿜어져 나온다.

놈들이 이곳까지 오는 동안 참아 낼 자신이 없었다.

잊고 있었던 비사문 부문주 현패륵의 얼굴과 수하들의 모습이 떠오른다.

그들이 했던 그 행동 하나하나까지도 전부 말이다.

자신을 대신해 칼을 맞고, 피투성이가 된 채로도 가족만은 살려 달라 빌던 적사문. 그때 심하게 당한 탓에 적사문은 말을 할 수 없는 몸이 되어 버렸다.

그 끔찍했던 날로부터 무려 이 년에 가까운 시간이 지났다.

하지만 그건 힘이 없었기 때문에 참았을 뿐이지, 결코 그때의 분노를 잊어서가 아니었다. 오히려 그 이 년이라는 시간 동안 적월은 더욱 깊게 비사문에 대한 적의를 불태우고 있었다.

살려 주지 않는다.

단 한 명도.

터벅거리며 경사진 곳을 내려가던 적월이 서서히 발을 멈추었다.

그 이유는 다름이 아니라 앞에서 다가오는 한 사내의 모습이 보였기 때문이다.

눈에 들어오는 사내는 나이가 오십 정도 되어 보이는 자였다.

두 눈은 흡사 뱁새처럼 찢어져 있었고, 얼굴에는 자그마한 검상도 보인다. 전체적으로 날카롭고 잔인해 보이는 인상이다.

모두가 몸을 감추고 다가오고 있다.

그에 반해 이 사내만은 유일하게 모습을 드러낸 상태다. 그것이 무엇을 의미하겠는가?

적월과 상대의 거리가 오 장 이내로 좁혀졌다.

적월이 사내를 보며 입을 열었다.

"네가 비사문 문주냐?"

"그래."

굳이 감추어야 할 필요성이 없다 느꼈는지 상대는 자신의 정체를 숨기지 않았다.

적월의 짐작대로 뱁새처럼 날카롭게 눈이 찢어진 사내의 정체는 바로 비사문주 반구량(潘龜輛)이라는 자였다.

이번엔 반구량이 먼저 입을 열었다.

"어떻게 이곳을 알고 온 거지?"

"더러운 피 냄새를 풀풀 풍기고 다니는데 못 찾는 게 이상한 거 아니야?"

적월은 요란도를 든 채로 조소 섞인 어조로 대꾸했다.

보이지 않지만 알고 있다. 스무 명에 달하는 특급 살수들이 지금 근방을 에워싸고 있다는 사실을 말이다.

알지만 적월은 두렵지 않았다.

이들이 강하다는 것은 안다. 하지만 그것은 보통 무인의 범주에서다.

마교 교주로 살았던 전생의 삶, 그때의 자신이라도 지금 이들 정도는 모두 처리할 수 있다. 하물며 지금의 적월은 그때와는 비교도 할 수 없을 정도로 강해져 있다.

반구량이 말했다.

"너 정체가 뭐야?"

"적월."

"음?"

적월이 자신의 이름을 밝히는 순간 반구량의 표정이 묘하게 변했다.

왠지 모르게 그 이름이 귓가에 친숙하다. 분명 들어 본 적이 있는 이름이다.

문제는 아무리 생각해 봐도 적월이라는 무인은 그의 기억에 존재하지 않는다는 것이었다.

반구량은 속으로 적월의 이름을 곱씹었다.

'적월, 적월…… 분명 들어 봤는데.'

기억 깊은 곳에 있는 적월이라는 이름을 억지로 되짚어 가던 반구량의 얼굴색이 변한 것은 얼마 되지 않아서였다.

"설마…… 적사문?"

"맞혔어."

대답과 함께 적월의 요란도가 움직였다.

적월의 정체를 알고 놀랐던 반구량은 날아드는 요란도를 보며 기겁을 하고야 말았다.

황급히 검을 꺼내어든 반구량이 적월의 공격을 받아 냈다.

"호오."

짧은 감탄성, 그리고 이어지는 것은 자전폭렬도(磁電爆裂刀)라 불리는 마교 삼대도법의 하나였다.

단 한 호흡에 미친 듯한 공격을 퍼부어 댄다 하여 붙여진 이름.

그리고 그런 위명답게 자전폭렬도는 너무나 패도적이었다.

퍽퍽퍽!

반구량은 자신의 검으로 날아드는 적월의 공격을 받아 냈다. 하지만 그 힘이 장난이 아니다. 단번에 팔이 꺾이려 드는 것을 억지로 버텼다.

하지만 그것도 한계가 있었다.

날아드는 요란도를 간신히 막아 내며 급급하던 그 순간 어마어마한 힘이 자신을 덮쳐 온다.

피할 수 없다는 생각에 반구량은 그 공격을 정면으로 받아 냈다.

콰앙!

쇠붙이끼리의 충돌이거늘 폭약이 터진 듯한 굉음이 흘러나온다.

그리고 동시에 반구량의 몸이 반대편으로 튕겨져 나갔다.

"우웩!"

나무에 틀어박히고서야 날아가는 몸을 간신히 멈춰 세운 반구량의 입에서 한사발은 될법한 피가 쏟아져 나왔다.

어마어마한 힘이다.

많은 양의 피를 토해 내긴 했지만 반구량은 허리를 꼿꼿이 세웠다.

정면으로 받아 낸 탓에 내상을 입긴 했지만 큰 부상은 아니다.

반구량은 지금 상황을 믿을 수가 없었다.

'이 년 전에 조사한 바로는 저놈은 무공을 익히지 않았다고 들었는데……'

그 말은 곧 고작 이 년 만에 이토록 강해졌다는 소리다.

현실적으로 말이 되지 않았다.

이 년? 아니, 이십 년이라는 시간이 있었다고 해도 이 정도의 경지는 무리다. 그렇다면 결론은 하나였다.

자신들의 조사가 틀렸던 것이다.

동시에 오랫동안 풀지 못했던 의문도 함께 해결되어 버렸다.

소매로 입가를 닦아 내며 반구량이 말했다.

"네놈이구나. 아산촌에 갔던 내 수하들을 모두 죽인 게."

"뭐, 그렇다고도 볼 수 있겠군."

"큭큭, 무공 하나 모르는 나약한 서생이라 파악했는데……

우리가 완벽히 당해 버렸군."

비사문이 아산촌을 덮쳤을 무렵에는 무공을 쓰지 못했던 것이 맞지만 굳이 그러한 사실을 일일이 밝힐 이유가 없기에 적월은 대꾸하지 않았다.

상대의 정체를 안 반구량의 두 눈에 살기가 어렸다.

처음 이곳에 침입했을 때부터 살려서 보낼 생각은 없었다. 더군다나 놈은 이곳에 들어와 자신의 수하를 때려죽이지 않았던가.

하물며 놈이 이 년 전 있었던 그 사건의 원흉이라면 더더욱!

살의를 불태우는 반구량의 몸이 서서히 어둠 속에 잠식되기 시작했다. 누군가가 본다면 도망치는 것이라 생각할지도 모르겠지만 그건 아무것도 모르는 자들의 헛소리다.

반구량은 살수다.

애초부터 이렇게 정면으로 싸우는 것이 어리석은 행동이었다.

약한 무인이라면 모르겠지만 상대는 정면으로 붙어서 이길 만한 자가 아니었다.

저토록 어린 나이에 이 정도 무위를 지닌다는 게 믿어지지 않지만 그건 나중 문제다.

무인에게 정면으로 대적한 것이 잘못이다.

이제부터는 살수의 싸움이다.

적월은 반구량이 모습을 감추는데도 아무런 반응도 하지

않았다.

더욱 은밀하게 몸을 감춘 것은 반구량뿐만이 아니다.

점점 조여 오고 있던 비사문 특급 살수 스무 명 또한 마찬가지다.

그들의 기척도 약해졌다.

피잇!

바로 그때 어둠 속에서 조그마한 비침 하나가 날아들었다.

적월은 어렵지 않게 피해 냈다. 그리고 더불어 놈들의 속셈도 알아차렸다.

'뻔한 생각을 하는군.'

두 번 볼 것도 없이 장기전으로 가려는 게 분명했다.

살수의 싸움은 인내심의 싸움이다.

그들은 한 자리에서 몸을 만 채로도 몇날 며칠을 버티기도 한다.

심지어 똥통에 들어가서 대롱 하나에 의지한 채로 상대의 목숨을 노린다.

놈들은 몸을 감춘 채로 적월의 신경을 계속 건드려 지치기를 기다리려는 것이다.

그게 얼마나 걸리든지 간에 잠도 못 자게 괴롭히고, 식사조차 하지 못하게 한다.

사람의 신경은 날카로워지고 집중력도 떨어지게 된다.

도와줄 사람이 있다면 모르겠다.

하지만 이곳은 비사문의 거점, 도와줄 이도 없고 빠져나가려 한다면 바로 그 등 뒤를 노릴 것이다.

완벽하다.

단신으로 찾아온 자에게 이것보다 잔인하고 피 말리는 살행 방법은 없다고 봐도 무방하다. 인간인 이상 결코 버티지 못할 것이고 결국 언젠가 틈이 생기기 마련이다.

바로 그 때를 노린다.

이들은 반드시 죽일 수 있는 그러한 상황이 오지 않는 이상 그 얼마나 긴 시간이 걸린다 해도 결코 먼저 모습을 드러내지 않을 것이다.

어둠 속에 몸을 숨긴 반구량이 홀로 서 있는 적월을 보며 입가에 미소를 머금었다.

'네놈은 죽는다.'

반구량은 자신이 있었다.

특히나 다른 곳도 아닌 구채구에서 자신들은 무적에 가깝다 생각했다. 그 이유는 다름 아닌 수없이 많은 호수들 때문이다.

뛰어난 무인이라면 기척을 감지하는 능력이 빼어나다.

하지만 그 상대가 물속이라면?

기척을 감지하는 것은 그 어디에 있을 때보다 어렵다. 지금 자신을 비롯한 비사문 특급 살수들이 몸을 감추고 있는 곳은 다름 아닌 호수였던 것이다.

비사문 살수들은 호수 몇 개에 자리하고 계속해서 적월을 향해 비침을 날렸다. 그리고 위치가 들통 날 것 같으면 바로 다른 곳으로 또다시 몸을 감추기를 반복했다.

핑! 피잉!

가볍게 몸을 비트는 정도로 비침들을 피해 내던 적월이 중얼거렸다.

"귀찮게 하는군."

무인인 적월에게 살수들의 싸움 방식은 상당히 거슬리고 상대하기도 까다로웠다. 호수를 이동하면서 비침을 날려 대는 통에 제대로 공격을 하기도 애매했다.

상대를 죽이는 것에 최적화된 살수들의 싸움 방식다웠다.

하지만……

적월의 몸에 붉은 기운이 맺혔다.

요력이 꿈틀거리기 시작했다.

파아악!

호수를 이루고 있던 물들이 양옆으로 갈라지며 공중으로 솟아오른다. 그리고 텅 비어 버린 조그마한 호수들에는 엉거주춤한 자세로 서 있는 비사문 살수들이 있었다.

그들은 너무나 놀라 버렸다.

자신들이 숨어 있던 열 개가 넘는 호수의 물들이 갑자기 양옆으로 밀려나 버렸으니 어찌 놀라지 않을 수 있겠는가. 물이 사라지며 숨어 있던 자신들의 모습이 상대방에게 완전히 노출되어 버렸다.

믿을 수 없다는 듯 고개를 치켜든 반구량의 두 눈이 크게 떠졌다.

차라리 보지 말았어야 했다.

적어도 그랬다면…… 이처럼 공포를 느끼지는 않았을 테니까.

솟구친 물방울들이 무엇인가에 막힌 것처럼 미동도 하지 않고 있다.

마치 물들이 그 상태 그대로 꽁꽁 얼어붙은 것처럼.

'대, 대체 이건…….'

얼마나 많은 내공이 있어야 이런 일이 가능하단 말인가!

초절정의 경지에 오른 무인들은 자연까지도 휘두른다는 말은 들었지만…….

반구량의 시선이 적월에게로 향했다.

그렇다면 저자가 초절정의 고수라는 소리가 아닌가!

자신이 알기로 적월이라는 자의 나이는 스무 살도 되지 않았을 것이다. 그런 자가 어찌 이처럼 고강한 내력을 지닐 수 있단 말인가.

머릿속으로 한 가지 생각이 스치고 지나간다.

'도망쳐야 해.'

싸워선 안 된다.

저런 괴물을 상대로 어찌 싸움을 한단 말인가.

이 정도의 차이라면 싸워 봤자 어찌 될지 답은 이미 나와 있다.

하지만 그냥 도망친다는 것은 불가능한 일임을 너무나 잘 알았다.

이 정도의 고수에게 등을 보인다면 죽는다.

그렇다면 방법은 하나다.

"다들 덤벼!"

반구량이 버럭 소리쳤다.

그의 외침은 딱딱하게 굳어 있던 비사문 특급 살수들의 정신을 돌아오게 했다. 너무나 놀란 탓에 그들 또한 어쩌지도 못하고 머뭇거리고 있었던 것이다.

비사문 특급 살수 스무 명이 단번에 적월을 향해 달려들었다.

그들의 손에는 각가지 암기와 무기들이 가득했다. 생전 처음 보는 신기한 물건들까지도 한 번에 폭발하듯이 터져 나왔다.

하지만 처음부터 반구량은 수하들의 모습을 보고 있지 않았다.

수하들이 달려드는 바로 그 찰나 이미 그는 뒤편으로 몸을 돌리고 이곳에서 도망치기 시작했기 때문이다.

타다닷!

수십여 개가 넘는 암기들은 분명 위협적일 것이다. 하지만

그 정도의 공격으로 초절정 고수를 어찌하지 못할 것이라는
걸 반구량은 너무나 잘 알았다.

반구량은 수하들을 방패막이 삼아 이곳을 빠져나가려고
한 것이다.

반 각의 시간이라도 벌어 준다면 충분히 도망칠 수 있다.

내심 마음에 걸리긴 하지만 어쩔 수 없다. 승산 없는 싸움
에 목숨을 걸 정도로 자신의 목숨이 가치 없다 생각하지는
않았다.

반구량은 뒤도 돌아보지 않고 내달렸다.

괜히 미적거리다가는 수하들의 희생시키고 도망치는 자신
의 꼴이 우습게 된다.

반구량은 그대로 달렸다. 뒤에서 들려오던 비명이 들리지
않을 정도가 되었지만 그래도 쉬지 않았다.

적월이 들어왔던 동굴에 들어선 그가 구채구 쪽을 향해 거
슬러 달렸다.

죽을힘을 다해 달린 반구량의 눈에 동굴의 입구가 모습을
드러냈다.

거의 날듯이 동굴을 빠져나온 반구량은 입구 쪽에 쓰러져
있는 자신의 수하를 발견했다. 처음 적월이 이 안으로 들어가
기 위해 뒤쫓았던 바로 그자였다.

어떻게 적월이 자신들의 거처를 찾아냈는지 반구량은 알
수 있었다.

자신의 수하의 뒤를 쫓았을 게다.

하지만 생각을 이을 여력이 없었다.

반구량은 황급히 돌탑을 어루만지기 시작했다. 지금 드러나 있는 동굴의 입구를 틀어막기 위해서다.

반구량이 다급하게 소리쳤다.

"혁혁, 젠장, 어서 돌아가라고!"

손이 덜덜 떨린다.

그만큼 반구량의 지금 심정은 초조했던 것이다. 당장이라도 저 어두운 동굴 안에서 그놈이 튀어나올 것만 같다.

비사문의 거점은 진으로 보호된 곳이다.

그리고 유일한 통로가 바로 이곳이다. 덜덜 떨리는 손으로 건드리던 돌탑이 드디어 원하던 대로 움직였다.

쿠르르릉.

돌이 다시금 마찰음과 함께 동굴의 입구를 막았다.

칠흑같이 어두운 동굴의 입구가 닫히자 반구량은 안도의 한숨을 내쉬었다.

그리고 그제야 반구량은 조금이나마 여유를 되찾을 수 있었다.

비사문의 거점은 진으로 보호되어 있다.

진을 완전히 파괴하기 전까지는 다른 곳으로의 침입은 불가하고 오로지 방금 전 막힌 동굴만을 이용해 출입이 가능하다.

문제는 이 출구를 여는 것이 간단하지 않다는 거다.

안으로 들어온 것은 비사문 살수의 뒤를 쫓아와 가능했을지 모른다.

하지만 나오기 위해서는 또 다른 방식으로 기관을 조종해야 한다.

그저 바위가 입구를 막고 있는 게 아니다.

그런 거였다면 그저 때려 부수고 나오면 그만 아니겠는가.

그리고 그렇게 간단한 입구였다면 굳이 이 부근에 진을 만들면서까지 자신들의 거처를 지키지도 않았다.

입구를 막고 있는 바위 주변에도 진법이 펼쳐져 있어 무력만으로 부수고 나올 수 없다.

진 자체를 파괴하지 않고서는 결단코 힘만으로는 뚫고 나올 수 없는 것이다.

방법을 모른다면 저 안에서 나오는 데 얼마나 오랜 시간이 걸릴지 장담할 수 없다.

어쩌면 평생이 걸려도 이 안에서 나오지 못할 수도 있다.

생각이 거기까지 미치자 점점 놀랐던 가슴이 진정되어 감을 느꼈다.

여기까지 나오고 이 돌문을 닫은 이상 오히려 상대가 독안에 든 쥐 꼴이 된 것이다. 비사문의 핵심 살수들이 모두 죽어서 큰 타격을 입은 것이 못내 안타까웠지만 그래도 목숨을 건진 것만 해도 어디인가.

굳게 닫혀 버린 바위 문을 바라보며 반구량은 애써 호탕하게 웃음을 터트렸다.

살기 위해 도망쳐 나온 자신의 모습이 마음에 안 들었는지 반구량은 웃음과 함께 소리를 내질렀다.

"하, 하하! 멍청한 놈! 꼴좋구나! 어디 한번 그곳에서 언제 나오나 보자!"

말을 마친 반구량이 황급히 몸을 돌리는 바로 그 때였다.

"헉."

자신도 모르게 놀란 감정이 바깥으로 표출되어 버렸다.

애써 진정되었던 심장이 고개를 돌리는 순간 미친 듯이 뛰기 시작했다.

그가 있었다.

이곳에 있어서는 안 될 적월이 바로 눈앞에 있었던 것이다.

뒤편에 있는 바위에 걸터앉아 있던 적월이 눈이 마주치자 자리에서 일어났다.

적월이 가볍게 말했다.

"할 말은 다 했어?"

"어, 어떻게 이곳에……."

"먼저 나와서 기다리고 있었는데 많이 겁먹었나 봐? 가까이 있는데도 모르고 말이야."

적월이 반구량을 향해 발을 옮겼다.

손에 들린 요란도가 보랏빛 광채를 뿜어냈다.

구채구에 있는 핵심 인물들을 죽이는 걸로 끝내지 않는다.

앞으로도 중원을 돌아다니며 비사문이라는 이름 아래에서 살고 있는 놈이 있다면 하나도 남김없이 그 대가를 치르게 할 것이다.

살고 싶다면…… 비사문의 이름을 버려야 할 것이다. 비사문으로 살았던 기억들마저 잊어야 할 것이다.

그것이 비사문에 몸담았던 자들이 살 수 있는 유일한 방법이다.

적월이 반구량을 바라보며 입을 열었다.

"도망 못 친다. 네놈만큼은 절대로."

第六章
사천성

마침 잘 됐군

　무림 양대 살수 문파 중 하나인 비사문이 멸문지화(滅門之禍)를 당했다는 소문이 날개 달린 것처럼 전 중원에 퍼지기 시작했다.

　그것은 이상한 일이었다.

　살수 문파라는 것이 워낙 음지에서 활동하다 보니 그들의 행적이 묘연해지는 일은 다반사였다. 그런데도 불구하고 이처럼 빠르게 비사문이 멸문지화를 당했다는 사실이 알려진 것은 다름 아닌 살문주 초운학 덕분이다.

　초운학은 이 소문을 퍼트리고 싶다고 청했고, 그 부탁을 적월은 받아들였다. 오히려 적월은 자신이 그런 일을 벌였다는 사실까지 합쳐서 자세하게 소문을 내라고 명했다.

비사문에 대한 소문이 나는 것이 적월에게도 득이었기 때문이다.

무림에서 살아가기 위해서는 어느 정도 위명이 필요하다는 것을 적월은 너무나 잘 알았다.

명성이 있으면 무엇을 하든지 간에 편하고 간단하게 할 수 있다.

그저 이름만 밝히는 것만으로 많은 무림 문파들의 도움을 받을 수도 있고, 또 귀찮은 일을 피해 갈 수도 있다.

적월이 허락하자 초운학은 즉시 사방에 퍼져 있는 연락책들을 통해 비사문이 무너진 소식을 전 중원에 퍼트렸다.

그 덕분에 비사문을 박살 낸 지 며칠이 채 지나지도 않았거늘 중원에서 이 사실을 모르는 이는 없다고 봐도 무방할 정도였다.

구채구를 떠난 적월은 북천으로 가기 위해 움직였다.

염라대왕이 말한 명객들과 관련 된 것으로 의심되는 철련문(鐵鍊門)으로 가기 위해서다.

철련문으로 가기 위해 발걸음을 옮기던 적월이 도착한 곳은 산맥 아래쪽에 위치한 감무(甘武)라는 마을이었다.

이곳 감무는 구채구와 북천의 중간 지점쯤에 위치한 곳이다.

적월이 감무에 도착한 것은 저녁 식사를 할 시간이 살짝 지난 밤이었다.

며칠을 산을 타고 이동하다 보니 행색이 말이 아니다.

더군다나 산을 이동해야 하니 말을 타는 것도 수월치 않았다. 그 탓에 적월은 며칠 동안이나 직접 움직여야만 했다.

적월이 굳이 이곳 감무에 들른 것은 이유가 있어서다.

그건 다름 아닌 이곳에서부터 송반, 북천까지 관로가 잘 닦여져 있기 때문이다. 이곳 감무에서 말이나 마차를 타면 얼마 걸리지 않아 북천에 도달할 수 있다.

적월은 감무라는 마을 안을 터벅터벅 걸으며 하루 묵을 만한 객잔을 찾았다.

사람들이 제법 오가는 길목에 위치한 마을인지라 객잔을 찾는 것은 어렵지 않았다.

번화가에 있는 객잔답게 안은 손님들로 바글거렸다.

저녁 식사 때가 지나긴 했지만 여행자들에게는 이 시간은 오히려 더욱 활기가 넘친다.

술을 마시는 사람들이 가득한 객잔은 시끌벅적했다.

사람이 가득했지만 구석자리 바로 옆의 자리 하나가 비어 있었다.

적월은 그 자리로 향했다.

자리에 앉은 적월에게 점소이가 다가왔다.

적월은 점소이에게 하루 묵을 방과 간단한 음식, 그리고 술 한 병을 주문했다.

주문을 받은 점소이가 사라지자 그제야 적월은 편하게 의자에 걸터앉았다. 요력과 내공을 찾고 나서부터 하루하루가 바쁘다.

호북 섬서에 이어 사천…….

그저 많은 곳만 돌아다닌 것도 아니다. 한 달 정도밖에 안 되는 그 시간 동안 한 일도 많다. 살문을 찾아가 정보들을 긁어모았고, 또 요란도를 찾았다.

그리고 반드시 복수하겠다고 맘먹었던 비사문 또한 박살냈다.

비사문 살수들과 싸우며 적월은 자신의 힘에 다시 한 번 놀라고야 말았다.

물론 교주 시절의 자신이었다고 해도 상대하는 데 크게 무리가 가지 않았을 것이다.

하지만 그렇게 단시간에 일방적으로 쓰러트릴 수 있었을까?

지옥에서 눈뜨던 바로 그 날 자신의 실력이라면 그곳에서 잘 쳐줘 봤자 중하(中下)라 말했던 지국천왕의 말은 결코 허언이 아니었다.

그때는 그 말을 인정하기 어려웠지만…… 지금은 아니다.

당시의 자신과 요력을 익힌 지금과 얼마나 큰 차이가 있는지 직접 느낄 수 있기 때문이다.

아직 요력을 완벽하게 다루지 못하는데도 불구하고 이 정도의 위력이다.

만약 이 힘을 자유자재로 구사할 수 있다면…… 적월은 지금과는 비교도 할 수 없을 정도로 강해질 것이다.

적월 스스로가 보기에 지금 자신의 힘은 너무나 강하다.

하지만 얼마 전 만났던 염라대왕이 말하기로는 자신이 상대해야 할 자들은 지금의 적월보다 훨씬 더 강하다고 했다.

결코 무인의 수준으로 그들을 판단하지 말라고, 그들은 이미 무인이 아닌 신선을 넘어선 자들이라 말했다.

그리고 개중에는 정말 믿을 수 없는 자가 있을 수도 있다면서 말이다.

아직 명객이라 불리는 그들과 한 번도 붙어 보지 못해 체감으로 느끼지는 못한다. 하지만 염라대왕의 신신당부하는 모습을 보아하니 거짓은 아닌 듯하다.

그랬기에 적월은 이번 철련문으로 가는 행보가 더 기대가 됐다.

운이 좋다면 그곳에서 명객 중 하나를 보게 될지도 모른다.

'기대되는군.'

명객과의 싸움은 아마도 여태까지의 그 무엇보다 적월을 떨리게 해 줄 게 분명했다.

그 싸움에서 승리하기 위해 적월은 이 요력이라는 것에 대해 더욱 자세히 알고 싶어졌다. 그리고 이곳까지 오는 내내 어떻게 하면 요력을 더욱 자유롭게 사용할 수 있게 할지 고민에 고민을 거듭했다.

물론 딱히 답이 나온 것은 아니지만 요력을 훈련할 만한 방법들도 몇 가지 생각해 뒀다.

요력을 강하게 발동시키기 위해서는 의지와 집중력이 필요하다.

얼마 전에 있었던 비사문 특급 살수들과의 싸움만 해도 그렇다.

당시에 적월은 요력을 이용해 물을 갈라지게 만들었다. 하지만 그것을 유지하는 집중력이 모자랐던 탓인지 그런 일을 벌인 후에 머리가 지끈거렸다.

당시의 상대들이야 싸울 만한 자들이었으니 상관없지만 명객을 상대로 요력이 약해진다면 위험한 상황에 처하게 될지도 모른다.

요력에 대한 고민에 잠겨 있던 적월이 정신을 차린 것은 점소이가 가져다 준 술 향기를 맡은 후였다.

술 냄새를 맡자 갑자기 허기가 확 하고 밀려온다.

적월은 술과 함께 날아온 볶은 고기를 젓가락으로 집어 들었다. 며칠 동안이나 제대로 식사를 하지 못해 제법 출출하다.

볶은 고기로 주린 배를 달래며 술로 입가심을 하던 적월의 귓가에 옆 탁자에서 두런두런 나누는 이야기 소리가 들려왔다.

"대체 누굴까요? 비사문을 혼자서 부쉈다는 그 사람이."

"흐음, 글쎄 말이다. 살수들이긴 하지만 그리 녹록한 자들
이 아닐 터인데……."

"엄청 젊다던데 사실일까요, 할아버지?"

"허허."

적월은 비사문과 자신에 대한 이야기에 힐끔 고개를 돌렸
다.

여태 관심이 없었던 탓에 모르고 있었지만 그 자리에는 열
예닐곱 정도 되어 보이는 여인과 심기가 깊어 보이는 눈동자
를 지닌 노인이 자리하고 있었다.

여인은 제법 귀여운 외모로, 동그란 두 눈이 무척이나 매력
적이었다.

하지만 적월의 시선을 끄는 것은 여인이 아니었다. 적월이
주의 깊게 보는 것은 여인의 건너편에 앉아 있는 노인이었다.

다소 마른 몸을 지닌 노인의 몸에서는 범접하기 힘든 기운
이 느껴졌다.

설리표를 제하고 이번 생에서 본 최고의 고수임이 분명했
다.

문제는 저 노인의 얼굴이 어디선가 본 적이 있는 것 같다는
거다.

'흐음. 누구더라.'

자연스레 적월의 관심이 노인에게로 향했다.

단출한 무복, 무기를 차고는 있지만 그리 비중이 있어 보이지 않는다. 노인에게서 느껴지는 것은 무인의 느낌이 아니다. 그것과는 다른 묘한 이질감.

독인(毒人)이다.

'사천당문이로군.'

이곳은 사천성이다.

그리고 사천에서 손꼽히는 세력을 지닌 문파 중 하나가 바로 사천당문이다.

적월의 예상대로 이 노인과 여인은 사천당문의 인물들이었다.

상대가 사천당문의 무인이라는 것을 알아차리는 것과 동시에 적월은 노인의 얼굴에서 오래전에 있었던 단 한 번의 만남을 기억해 냈다.

이 노인과 적월은 오래전에 만났던 적이 있다.

당연히 그리 좋은 만남은 아니었지만.

'아아, 독신수(毒神手)인지 뭔지 하던 그자로군.'

노인의 정체는 독신수 당한뢰(唐瀚雷)라 불리는 사천당문 최고의 고수다.

지금은 비록 은퇴하고 유유자적한 삶을 살아가고 있지만 당한뢰는 사천당문의 전대 가주다. 그리고 그 앞에 앉아 있는 귀여운 여인이 당한뢰의 손녀인 당수연(唐秀娟)이었다.

우습게도 이들 또한 구채구로 약초를 구하러 떠났다가 사천당문으로 돌아가는 길이었다.

너털웃음을 짓고 있던 당한뢰가 손녀인 당수연의 질문에 대답했다.

"아마도…… 소문이 부풀려진 것일 게야."

"왜요?"

"약관의 청년이라 하던데 그런 자가 홀로 감당할 정도로 비사문이 만만치 않단다. 그러니 당연히 과장된 소문 아니겠느냐. 그리고 그 정도의 신진 고수라면 여태까지 소문이 나지 않을 리도 없을 테고 말이야."

"에이, 시시해."

엄청난 젊은 고수가 등장했다는 소문에 내심 두 귀를 쫑긋 세웠던 당수연이다. 그런 그녀로서는 과장된 소문일 거라는 말에 실망감을 금하기 어려웠다.

그래도 미련이 남았는지 당수연이 다시금 물었다.

"혹시나 그게 사실이면요?"

"글쎄. 만약에 그게 사실이라면…… 아마도 그자는 상상도 못 할 천재겠지."

당한뢰가 웃으며 대답했다.

말은 그리했지만 당한뢰의 생각은 변하지 않았다.

지금 무림에 이름난 후기지수들도 불가능하다. 그런 비사문을 홀로 깨부순다는 것이 현실적으로 믿을 수 없는 일이다.

물론 무림이란 곳은 믿을 수 없는 일들이 종종 벌어지곤
한다.

하지만 두 눈으로 보기 전까지 당한뢰는 그 소문을 믿을
수가 없었다.

정확한 정보도 아닌 그저 어느날 갑자기 퍼지기 시작한 뜬
소문 같은 이야기.

영웅 이야기에 혹하는 어린 손녀와 다르게 당한뢰에게는
그다지 믿음이 가지 않는 소문이다.

당한뢰가 웃음을 머금으며 앞에 놓인 찻잔을 슬쩍 기울일
때였다.

'음?'

자신과는 사선에 위치한 사내의 모습이 눈에 들어온다.

도 한 자루를 등에 짊어지고 있는 젊은 사내, 적월을 발견
한 것이다.

정말 뛰어난 외모를 지녔다는 것 말고는 크게 시선이 갈 이
유가 없는 사내였다.

시끄럽게 떠드는 것도 아니고 무시무시할 정도의 기운이 뿜
어 대는 것도 아니다.

오히려 너무 조용했고, 기척조차 느끼지 못했다. 처음 눈이
가기 전까지는 그곳에 누군가가 있다는 사실조차 제대로 감
지하지 못할 정도로 말이다.

하지만 눈이 가는 순간부터 왠지 모르게 당한뢰는 쉽사리

눈을 떼기가 어려웠다.

그런 당한뢰의 시선을 느껴서일까?

술을 마시던 적월이 잔을 내리며 당한뢰를 바라봤다.

두 눈을 마주하는 그 순간 당한뢰는 머리부터 발끝까지 번개를 맞은 것처럼 찌르르한 감각을 느꼈다.

새카만 눈동자는 당장이라도 당한뢰를 집어 삼킬 것만 같다.

'믿을 수 없을 정도로 깊이가 있는 눈동자로구나. 대체 어떠한 삶을 살았기에 저같이 어린 사내가……'

생면부지의 인물에게 이토록 넋을 잃었다는 게 믿기지 않는다.

적월 또한 당한뢰의 시선을 피하지 않았다.

굳이 실력을 감춰야 할 이유도, 생각도 없다.

마주친 두 사람의 눈이 떨어질 줄을 몰랐다.

그런 두 사람 사이의 정적은 깬 것은 당수연이었다.

당한뢰의 시선이 어딘가에 고정된 것을 본 당수연의 시선이 절로 그쪽으로 향했다. 그리고 고개를 돌린 당수연은 당한뢰와 눈을 마주치고 있는 적월을 발견했다.

잘생긴 얼굴에 절로 시선이 가긴 했지만 당수연은 그보다 먼저 당한뢰의 옷소매를 잡아당기며 입을 열었다.

"할아버지?"

"응?"

"뭐 하시는 거예요."

당수연이 눈치를 주자 그제야 당한뢰는 정신을 차렸다.

다른 사람의 얼굴을 이토록 뚫어져라 보는 것은 분명 예의가 아니다.

당한뢰가 자리에서 일어나서 포권을 취했다.

"미안하네. 나도 모르게 실례를 범한 듯하구만."

"괜찮습니다."

적월 또한 기분이 나쁘거나 하지 않았기에 그냥 고개를 끄덕이며 넘어갔다.

마교 교주로 살아오다 보니 정파에 그리 좋은 감정이 있는 것은 아니지만 그렇다고 해서 불구대천의 원수처럼 척을 질 생각도 없다.

교주였던 때부터 지금까지 참으로 많은 시간이 흘렀다.

무려 이십 년.

그동안 적월 또한 내적으로도 어느 정도 변화가 있었다.

정사를 가리지 않고 필요하면 이용한다.

그래야 할 정도로 상대인 명객이라는 자들은 강하다고 들었다.

지금으로써는 굳이 정사를 나누며 행동할 생각은 추호도 없다.

시선을 돌린 당한뢰를 향해 당수연이 조그마한 목소리로 잔뜩 핀잔을 주었다.

"할아버지답지 않게 왜 그렇게 모르는 사람을 노려보고 그래요. 사람 민망하게."

"노려봐? 내가 그랬더냐? 허허."

"그럼요. 이렇게 두 눈을 크게 뜨고 아주 뚫어져라 보고만 있던데요."

표정까지 따라하는 손녀가 귀여웠는지 당한뢰는 가만히 그런 당수연의 머리를 쓰다듬어 주었다.

비록 눈을 돌렸지만 여전히 당한뢰의 머릿속에는 적월에 관한 생각뿐이었다.

'누구지? 보통이 아닌 것 같은데.'

처음 보는 사내에 대한 궁금증이 자꾸만 치솟는다. 하지만 다가가서 누구냐고 꼬치꼬치 캐물을 수도 없는 노릇이다.

당한뢰가 적월에 대한 생각으로 머릿속이 복잡할 때였다.

삐걱.

객잔 문이 열리며 청색 무복을 입은 무인들이 안으로 들어섰다. 그들의 모습을 본 당한뢰의 표정이 변했다.

조용히 이곳을 지나 사천당문이 있는 성도로 가려고 했다.

한데 이곳까지 와서 피하고 싶은 자들을 만난 것이다. 더군다나 주변을 두리번거리는 모습이 결코 우연히 이곳에 온 게 아니다.

아마도 자신을 찾으러 온 것이리라.

등 뒤에 철(鐵)이라는 글자를 박고 다니는 그들의 정체는

다름 아닌 적월이 북천까지 찾아가 조사하려 했던 철련문이
었다.

그들은 구석자리에 위치하고 있는 당한뢰를 발견하고는
성큼 그쪽으로 걸어갔다.

폭발할 듯이 강한 기운을 주변으로 풀풀 풍기면서 말이다.

얼마 남지 않은 술을 마시던 적월 또한 그들을 힐끔 바라
봤다. 하지만 아직까지 적월은 그들의 정체가 철련문이라는
사실을 알지 못했다.

철련문 무인들이 당한뢰와 적월의 탁자 사이에 줄지어 섰
다.

다섯 명의 무인. 그들은 하나같이 모두 젊고 강인해 보였
다.

철련문 무인들 중 하나가 물었다.

"독신수 어르신이 맞으십니까?"

"맞네."

당한뢰가 짤막하게 대답했다.

사실 당한뢰는 이들과 길게 대화를 섞고 싶지도 않았다.
철련문의 청색 옷만 봐도 구역질이 치밀어 오른다.

같은 사천에 위치하고 있는 두 문파의 사이가 최근 들어
최악이라는 것은 무림에 관심이 있는 사람이라면 모르는 이
가 없을 정도다.

그 모든 것은 바로 삼 년 전에 있었던 사건 때문이었다.

가주의 아들이자 당한뢰의 손자인 당철휘(唐鐵輝)가 사천당문의 무인들과 함께 구채구로 여행을 떠났다가 돌아오지 않은 사건이 벌어졌다.

실종 당시 당철휘의 나이는 고작 열한 살에 불과했다.

사천당문은 당철휘를 찾기 위해 많은 인원을 투입했었다.

하지만 그들은 당철휘의 흔적을 찾는 데는 성공했지만 결국 본인을 찾아내지 못했다.

사천당문은 그 과정에서 철련문의 미심쩍은 행보를 찾아냈다.

하지만 그것은 정확한 물증이 없었다.

반쯤 심증에 가까운 증거들로는 철련문에 압박을 가할 수 없었다.

하지만 사천당문의 입장에서는 철련문이 당철휘를 잡아갔거나, 죽였을 거라 굳게 믿고 있었다.

상황이 이렇게 되었으니 당연히 두 문파 간의 사이가 틀어질 수밖에 없었다.

사천당문이 오대세가의 하나이긴 했지만 철련문 또한 무시할 수 없는 힘을 지닌 중립 문파다. 거기다 확실한 증거라도 있으면 모를까 그저 심증만으로 무인들을 일으켜 철련문과 전면전을 펼칠 수도 없었다.

애매한 상황에 그 누구도 사천당문의 편에 서서 함께 싸워주려 하지 않았기 때문이다.

증거를 찾을 때까지 참으려 했지만 사람의 감정이 그리 쉽게 조절될 수 없었다.

사이가 틀어진 두 문파는 같은 사천에 위치했고, 또 그 거리도 멀지 않았다.

그 탓에 만날 때마다 두 세력은 조금씩 싸움이 벌어졌고 급기야는 서로의 목숨을 앗아 가는 일도 생겨났다.

하도 싸움이 심해지자 두 문파는 어쩔 수 없이 협약을 맺었다.

남과 북으로 서로의 구역을 나누고 특별한 일이 아니라면 그곳을 침범하지 않기로 말이다.

그리고 이곳 감무는 그중에 북쪽에 위치한 곳, 즉 철련문의 세력권이었다. 그들은 이곳 감무에 사천당문 최고 고수인 당한뢰가 왔다는 사실을 전해 듣고 바로 이쪽으로 무인들을 파견한 게 분명했다.

당한뢰는 자신의 옆에 서서 위협적인 기세를 내뿜는 다섯 명의 무인들을 바라봤다.

분명 이곳은 철련문의 세력권이다.

침범한 것이 잘못이긴 했지만 당한뢰는 이곳으로 와야 할 이유가 있었고 특별히 그들의 눈에 거슬릴 만한 행동도 하지 않았다 생각했다.

당한뢰가 무인들을 향해 사뭇 불쾌하다는 어조로 말했다.

"철련문이 내게 무슨 볼일이 있다고 날 찾아온 게냐."

철련문이라는 말에 옆 탁자에서 술을 마시던 적월이 슬쩍 반응을 보인 것을 당한뢰가 알 턱이 없었다.

당한뢰의 말에 처음 입을 열었던 철련문의 무인이 대답했다.

"무슨 이유인지 정녕 모르고 물으시는 겁니까? 이곳은 철련문의 지역입니다. 어르신 정도 되시는 분이 약조를 잊으신 것은 아니시겠지요."

"알지. 그래서 내가 무슨 소란이라도 일으켰더냐?"

"이런 식으로 나오시면 곤란합니다. 다 아실 만한 분이……."

"지금 네놈들이 나를 가르치려고 드는 것이냐?"

가만히 앉아 있던 당한뢰가 천천히 자리에서 일어났다.

그가 일어나자 철련문 무인들의 안색이 슬쩍 변했다. 이쪽이 다섯이고 저쪽은 당수연까지 해서 둘이다.

쪽수는 이쪽이 압도하지만…… 상대는 독신수 당한뢰다. 일류 수준의 자신들이 어떻게 할 만한 자가 아니라는 거다.

애초부터 싸우러 온 것이 아니다.

그저 이곳과 가까이 있던 차에 당한뢰를 쫓아내라는 명이 내려져 온 것이다.

살기등등하긴 했지만 당한뢰 또한 자신들에게 함부로 손을 휘두를 수 없다는 걸 너무나 잘 알기에 철련문 무인들의 우두머리로 보이는 사내가 용기를 내서 말했다.

"제 말씀은 그저 약조가 있는데 이러시면 안 된다는 걸 말씀드리려는 겁니다."

"그냥 지나가는 것뿐이다. 내일 동이 트면 성도로 바로 갈 생각이니 더는 말 섞지 않게 이만 물러가도록 해라. 너희 같은 놈들과 말을 섞는 것 자체만으로도 심히 불쾌하니."

당한뢰는 억지로 화를 내리누르며 말했다.

마음 같아서는 당장이라도 이놈들에게 쓴맛을 보여 주고 싶었지만 그럴 수가 없다.

다른 이도 아닌 전대 문주였던 자신이 이들을 건드린다면 문파간의 큰 싸움으로 변하게 될 것이 자명하기 때문이다.

철련문 무인이 애써 화를 참고 있는 당한뢰에게 말했다.

"죄송하지만 떠나시는 것까지 보고 오라는 명이 있어서 물러가지 못하겠습니다."

"내가 네놈들을 속이기라도 한다는 거냐?"

"거야 모르는 일이지요. 하여튼 내일 떠나실 때까지 옆에 있겠습니다."

"이놈들이!"

"저희도 명을 따를 뿐입니다. 불만이 있으시면 철련문주님께 말하시지요."

철련문 무인이 딱 잘라 말했다.

당장이라도 폭발할 것 같이 노한 당한뢰였지만 참아야만 했다.

철련문 무인들의 말대로 이건 그들이 정한 것이 아니다.

수뇌부들끼리의 약속. 어찌 보면 먼저 그것을 어긴 것은 자신이기도 하다.

그리고 앉아 있는 당수연이 조심스레 소매를 잡아당긴다. 겁먹은 표정의 그녀가 그만두라는 듯 고개를 절레절레 저었다.

너무나 역겨운 놈들. 하지만 이곳에 있기 위해서는 이들과 함께해야만 한다.

당한뢰가 억지로 자리에 앉는 것을 본 철련문의 무인들 또한 안도의 한숨을 내쉬었다.

싸움이 벌어질 거라 생각한 것은 아니지만 사천당문 최고의 고수 당한뢰의 분노를 정면으로 받아야만 했다.

겉보기에는 어쩔지 몰라도 심력의 소모가 보통이 아니었던 것이다.

철련문 무인이 슬쩍 뒤를 돌아보았다.

바로 옆에 앉기는 그렇다고 생각했는지 우두머리 사내가 옆에 있는 수하에게 말했다.

"옆자리 정리해."

"알겠습니다."

말을 마친 사내가 향한 곳은 바로 옆의 탁자였다. 그리고 바로 그곳은 적월이 앉아 있는 자리이기도 했다.

철련문 무인이 적월에게 다가가 말했다.

"자리 좀 내주게."

"……?"

적월은 슬쩍 눈을 치켜들고 상대를 바라봤다.

잠시 상대를 올려다보던 적월은 이내 관심 없다는 듯 시선을 돌렸다. 그 모습이 다가왔던 철련문 무인의 심기를 건드렸다.

"지금 내 말 못 들었소?"

"그쪽하고 아는 사이 같은데 대충 거기 앉지?"

적월의 도발적인 어투에 당한뢰에게 향했던 나머지 네 명의 시선이 자연스레 뒤쪽으로 향했다. 그리고 적월의 바로 옆까지 다가와 있던 사내가 어처구니없다는 듯이 웃었다.

그가 사나운 어투로 돌변하여 말했다.

"가라면 가는 거지 뭐 그리 말이 많아? 죽고 싶냐?"

말을 마친 사내가 탁자에 턱하고 걸터앉았다. 그리고는 자랑스레 몸을 반쯤 비틀고는 등 뒤에 있는 철(鐵) 자를 내보이며 말했다.

"상대를 보고 까불어라. 알겠어?"

의기양양한 표정을 지어 보이는 사내를 보며 적월이 짜증스럽다는 듯이 입을 열었다.

"밥 먹는데 입맛 떨어지게."

"뭐가 어……."

퍼억!

사내의 목이 돌아갔다.

너무나 빠르게 날아든 수도가 정확하게 목을 후려쳤다. 그 탓에 방심하고 있던 철련문 무인이 그대로 나자빠졌다.

이루 말로 표현하기 힘든 속도에 당한뢰 또한 놀라 버렸다.

적월이 의자를 박차고 자리에서 일어났다.

자리에서 일어난 적월이 살기를 풍기는 철련문 무인들을 바라보며 중얼거렸다.

"철련문이라…… 마침 잘 됐네."

"이놈이!"

철련문 무인들 넷이 동시에 적월을 둘러쌌다. 구석 자리에 위치했기에 빠져나갈 틈도 없어 보였다.

당한뢰가 황급히 자리에서 일어났다.

전혀 상관이 없는 사내지만 처음 보았을 때부터 왠지 모르게 관심이 갔다.

실력은 있어 보이지만 상대는 철련문의 고수 네 명이다.

한 명 정도야 기습으로 어찌했을지 모르겠지만 네 명의 합공이라면 버티기 힘들다.

당한뢰가 막 제지하려는 그 순간이었다.

적월의 눈동자가 당한뢰에게로 향했다. 그 눈동자는 말하고 있었다. 끼어들지 말라고. 그 눈빛에 당황하는 바람에 당한뢰는 말을 꺼낼 기회를 놓쳐 버렸다.

두 사내가 동시에 적월에게 달려들었다.

이미 그들의 손에는 검이 들려 있는 상태였다.

쒜엑!

날카로운 찌르기.

하지만 그런 공격을 받아 내야 하는 적월은 요란도조차 뽑아 들지 않았다.

구석인 만큼 자리가 협소하다. 무기를 휘두르기보다는 오히려 주먹이 낫다는 판단이 섰기 때문이다.

옆으로 살짝 비켜서며 달려드는 공격을 흘려 낸 적월은 단번에 뒤에서 다가오는 자의 손목을 잡아챘다.

그러고는 손목을 강하게 잡아당기며 반대편 손으로 목젖을 후려쳤다.

"억!"

단발마의 비명 소리와 함께 그자도 땅바닥을 나뒹굴었다.

적월은 동시에 다시금 달려드는 자의 가슴에 손바닥을 날렸다.

퍼엉!

커다란 소리와 함께 그자는 벽에 틀어박혔다.

순식간에 남은 자의 숫자는 고작 둘. 하지만 그들은 채 놀랄 틈조차 없었다.

적월이 뒤편에 서 있는 그 둘에게 번개처럼 달려든 것이다.

둘 사이로 파고든 적월의 쌍장에 눈 깜짝할 사이에 내력이 모여들기 시작했다. 적월이 양쪽으로 손을 휘둘렀다.

퍽퍽!

그 공격에 남아 있던 둘 모두 그대로 나자빠진다.

일격에 한 명씩이다.

상대인 철련문의 무인들은 일류의 반열에 드는 자들이었다.

비록 고수라 말하기는 뭐했지만 그래도 얕잡아 볼 수 없는 실력자들이었다는 거다.

당한뢰는 아무런 말도 할 수가 없었다.

'너무나 깔끔해.'

움직임에 군더더기가 없다.

쓸데없는 동작을 아예 배제하고 바로 상대에게 치명타를 가한다.

물론 손에 사정을 둔 모양인지 죽을 정도의 부상을 입은 자들은 없지만 다섯 명 모두 일격에 혼절한 상태다.

당한뢰로서는 지금 적월의 동작이 쉬이 머리에서 지워지지 않는다.

물론 당한뢰도 이들 다섯 정도는 어렵지 않게 제압할 수 있었을 것이다.

다만 적월만큼 깨끗하고 완벽하게 제압할 수 있냐고 묻는 다면 고개를 저을 수밖에 없다.

꼭 당한뢰가 독인이라서가 아니다.

당한뢰가 아는 무인 중에서도 이 정도로 쉽사리 저들을 제압할 이는 그리 많지 않다.

문제는 당한뢰가 아는 그 무인들은 천하에 이름이 쟁쟁한 절대고수들이라는 거다. 그리고 지금 자신은 그러한 절대고수들과 저런 약관의 청년을 비견하고 있는 것이다.

당한뢰가 적월을 관심 있게 바라보고 있을 때였다.

적월은 아무렇지 않게 돌아다니며 철련문의 무인들의 혈도를 점했다. 그리고는 놀라운 힘으로 그 다섯 명을 동시에 양쪽 어깨에 짊어지고는 점소이를 불러 세웠다.

"이봐, 내 방이 어디야?"

"이, 이 층 끝에서 세 번째……."

적월은 그대로 다섯 명을 짊어진 채로 성큼 계단을 올랐다.

객잔에 남은 사람들은 모두 멍하니 그런 적월의 뒷모습을 바라만 봐야 했다.

마치 무인과 어린아이의 싸움과도 같았던 일전. 하지만 이 부근에 사는 자들이라면 철련문에 대해 모를 리가 없다.

그들은 결코 약하지 않다. 그저 상대가 너무 강했을 뿐이다.

모두의 시선을 뒤로 한 채로 계단을 올라선 적월이 문을 열고 자신의 방 안으로 들어섰다.

침상 하나를 제하고는 특별할 것도 없는 조그마한 방이다.

적월은 어깨에 짊어지고 있던 철련문의 무인들을 방구석에다가 대충 팽개쳤다.

사천당문 때문에 이들에게 손을 쓴 것이 아니다.

물론 철련문의 무인들이 먼저 시비를 건 탓도 있지만 애초부터 적월은 이들로부터 알아내야 할 것들이 많이 있었다.

적월은 창문을 열고 객잔의 외벽에 조그마한 표식을 남겼다. 그건 다름 아닌 살문에게 연락을 취하는 방식이었다.

항상 이같이 건물 벽에 조그마한 표시를 남겨 두면 그들이 알아서 적월이 있는 곳으로 찾아왔다.

그럼 그때 이들을 넘기고 철련문에 대해 캐 보라는 부탁을 할 생각인 것이다.

살문을 찾아가 이토록 정보를 모으게끔 한 것은 다시 생각해 봐도 현명한 선택이었다. 살문이 없다면 지금의 적월은 눈과 귀가 없는 것과 다름없다.

그 정도로 지금 적월에게 살문은 큰 힘이 되어주고 있었다.

물론 적월 또한 살문에게 도움이 되는 일을 해 주긴 했지만 말이다.

적월은 침상에 드러눕고는 아래층에서 있었던 일을 상기했다.

사천당문과 철련문의 관계가 그리 좋아 보이지 않는다. 분명 어떠한 이유가 있을 것이 분명하다.

'이것도 알아보라고 해야겠군.'

그냥 넘기기에는 뭔가가 찜찜하다. 혹시나 사천당문과의 일에도 명객이 연관되었을지도 모르는 일이다.

단 하나의 단서라도 결코 가벼이 넘길 수 없다.

'명객이라…… 빨리 만나 보고 싶군.'

철련문이 있는 북천이 가까워 올수록 기대감이 커져만 간다.

명객에 대한 생각이 들자 적월은 얼마 전부터 생각해 봤던 요력을 보다 자유롭게 쓰는 훈련을 하기로 마음먹었다.

당장에 훈련을 할 만한 방법 하나를 떠올린 적월은 허리춤에 있는 주머니를 풀었다.

주머니 안에는 동전들이 가득했다.

그리고 바로 그 순간 적월은 생각지도 못한 행동을 취했다.

촤라락.

적월은 주머니 안에 든 동전들을 사방으로 뿌렸다. 무려 수십 개에 달하는 동전들이 구석구석으로 날아가 뒹굴었다.

뜻 모를 행동을 한 적월이 동전들을 바라보며 고개를 끄덕였다.

'좋아, 이 정도면 될 것 같군.'

적월은 지금 자신의 단점을 객관적으로 파악하고 있었다.

갓난아이 때부터 요력을 담은 덕분에 그 크기는 어마어마하다. 거기다 염라대왕이 준비해 준 이 신체는 내력이나 요력을 담는 데 너무나 완벽한 신체였다.

인간의 것이라고 불 수 없을 정도로 말이다.

지금 적월의 요력은 요괴들조차 놀랄 정도로 크다. 다만 문제는 그 요력을 다루는 능력이다.

적월에게 지금 필요한 것은 섬세함, 그리고 집중력이다.

그리고 그런 두 가지를 늘리기 위해 적월이 고안한 방법이 바로 이런 동전을 이용하는 것이었다. 동전은 항시 가지고 다니니 장소만 되면 언제든 훈련을 할 수 있다는 것 또한 하나의 장점이기도 했다.

적월이 가만히 손을 내뻗었다.

몸 주변으로 붉은 기운이 서서히 스며 나오기 시작했다.

그리고 그 기운은 점점 사방에 나뒹굴고 있는 동전들에게로 향했다. 붉은 기운이 이내 동전들을 감싸 안았다.

수십 개에 달하는 동전들이 천천히 허공으로 떠올랐다.

다른 사람이 보면 기겁을 할 장면, 하지만 적월에게는 그리 놀라운 일이 아니었다. 그리고 지금까지의 훈련 자체는 크게 어렵지도 않았다.

훈련은 지금부터였다.

적월은 서른 개가 넘는 동전들의 위치를 머리에 그렸다.

그 모든 것들의 위치를 정확하게 파악하고 또 동시에 움직인다. 동전들이 하늘에 떠오른 채로 바람을 타고 떠도는 낙엽처럼 흔들리기 시작했다.

휘릭! 휘리릭!

많은 동전들이 마치 생명이라도 있는 것처럼 객잔 방 안을 날아다닌다.

보기엔 단순해 보였지만 그리 간단한 것이 아니었다. 서른 개가 넘는 동전에 제각각 의지를 불어 넣어 행동하게 만든다.

그리고 그것들끼리 절대 부딪치지 않도록 적월은 극도의 집중력을 보였다.

적월의 이마에 송골송골 땀이 맺히기 시작했다.

많은 요력이 드는 건 아니다. 하지만 그만큼 섬세한 작업이었기 때문에 당장의 적월에게는 그리 녹록치 않았다.

요력은 계속해서 방 안을 가득 채웠고, 동전들도 쉬지 않고 날아다녔다.

이것은 오랫동안, 그리고 요력을 사용하는 데 집중력이 흐트러지지 않게 하기 위한 훈련이었다.

적월은 그렇게 무려 반 시진을 버렸다.

반 시진이 넘는 시간 동안 극도의 집중력을 선보이던 적월은 이내 누군가가 창가 쪽에 나타났다는 것을 알아차렸다.

적월은 쏟아 내던 요력을 거뒀다.

그러자 방 안을 빛내던 붉은 불꽃이 사라지는 것과 동시에 날아다니던 동전들도 생명을 잃은 것처럼 후드득 떨어져 내렸다.

투두두둑.

"후우."

적월이 깊은 숨을 내쉬었다.

엄청나게 집중을 한 탓에 이마가 지끈거리고 전신은 땀으로 목욕을 한 것처럼 축축하다.

침상에 걸터앉으며 적월이 입을 열었다.

"들어와."

적월의 말이 떨어지자 창문 바깥에서 서성이던 자가 객잔 방 안으로 들어섰다.

살문의 살수였다.

모습을 드러낸 살수가 바로 고개를 조아리며 말했다.

"부르셨습니까?"

"그래. 너희들이 좀 알아봐 줬으면 하는 게 있어서 말이야."

"예, 하명하시지요."

살문 살수가 공손히 대답했다.

이미 살문의 인원 모두에게 초운학이 명을 내려 둔 상태였다.

적월의 부탁이라면 그것이 불가능한 일이라 할지라도 들어주라는 것이었다. 적월의 명이면 자신이 내린 것과 마찬가지로 생각하라는 것이 초운학의 말이었다.

적월이 말했다.

"북천에 있는 철련문에 대해 알아봐. 철련문뿐만이 아니라 그들이 연관되었을 법한 일들을 북천, 아니, 사천까지 넓은 범

위로 계산해서 모두 조사해 줬으면 좋겠군."

"알겠습니다. 그럼 어디서 연락을 드릴까요?"

"며칠 있으면 북천에 도착할 거야. 북천에서 연락을 받는 것으로 하지."

"그리하도록 하겠습니다. 더 필요하신 것은 없으십니까?"

그가 더 필요한 것이 없냐고 묻자 적월은 퍼뜩 생각났다는 듯이 말했다.

"아, 그리고 사천당문과 철련문의 관계에 대해서도 조금 알아봐 줬으면 좋겠어. 두 문파 사이에 뭔가 안 좋은 일이 있는 것 같더군."

"예, 그럼 우선 부탁하신 것들에 대해 알아보도록 하겠습니다."

"그래. 그리고 가는 길에 저놈들도 좀 데려가고. 철련문 놈들이니 조사하면 뭔가 알아낼지도 몰라."

"예."

살문 살수가 방구석에 처박혀 있는 다섯 명의 철련문 무인들을 창가로 끌고 갔다. 그는 그들을 양쪽 어깨에 짊어지고는 적월을 향해 고개를 숙였다.

적월이 어서 가 보라는 듯이 손을 휘휘 젓자 살문 살수는 나타났던 창문을 통해 빠르게 모습을 감췄다.

그가 사라지자 숨을 몰아쉰 적월이 다시금 요력을 일으키기 시작했다.

주어진 시간이 그리 많지 않다.

그 시간 동안 적월은 더욱 강해지고 싶었다.

다시 살게 된 삶이다.

저번 인생처럼 그런 원치 않는 죽음을 맞이하고 싶은 생각은 전혀 없다.

'자, 그럼 다시 가 볼까.'

적월이 두 눈을 부릅떴다.

그리고 바로 그 순간 바닥에 나뒹굴고 있던 동전들이 미묘하게 떨기 시작했다.

第七章
동행

그들을 어쩔 생각인가

"그래서 말이 없다는 겁니까?"

아침 일찍 마방에 찾아온 적월은 예상치 못한 상황에 표정을 잔뜩 구기고 있었다.

이곳 감무에 들른 것 자체가 말을 빌려 타고 관도를 따라 움직이기 위함이다. 한데 그러기 위해 찾아온 마방에서는 뜻밖에도 남은 말이 없다는 소리를 들어야만 했다.

마방의 주인이 난처한 표정으로 말했다.

"죄송하게 됐습니다. 최근 들어 손님이 몰려 가지고…… 마차 하나가 남긴 했었는데 그것도 방금 전에 다른 분이 구해 가셨습니다."

"이런."

없는 말을 억지로 만들어 내라 할 수는 없지만 적월 또한
일이 이렇게 풀리면 상당히 곤란했다. 이 근방에서 말을 빌릴
만한 마을은 꽤 멀리 떨어져 있다.

그것도 목적지인 철련문으로 가는 길과는 살짝 동떨어진
쪽으로 가야 한다.

하지만 그렇게 돌아서 갈 바엔 그냥 힘들더라도 경공으로
가는 게 낫다.

적월이 예상치 못한 일에 골머리를 썩이고 있을 때였다. 마
지막으로 나갔다는 마차가 적월의 등 뒤를 스쳐 지나가다가
멈추어 섰다.

마차의 창문으로 노인 하나가 고개를 내밀었다. 노인의 정
체는 바로 사천당문의 전대가주였던 당한뢰였다.

고개를 내민 그가 적월을 향해 말을 걸었다.

"이보게."

자신을 부르는 소리에 적월이 옆으로 고개를 돌렸다.

당한뢰가 웃으며 말했다.

"어디까지 가는가?"

"북천(北川)으로 갑니다."

"북천?"

북천이라는 말에 당한뢰가 살짝 표정을 바꿨다.

북천이라면 철련문이 있는 곳이다. 가능하면 그들과 얽히

고 싶지 않다.

하지만 그런 생각보다 적월에 대한 궁금증이 더 컸다.

이곳에서 사천당문이 있는 성도까지 가는 길은 두 개가 있다.

송반과 도강언을 지나는 방법과 마찬가지로 송반과 북천을 지나는 것. 북천을 피하고 싶은 당한뢰의 입장에서는 당연히 전자를 선택했었다. 하지만……

당한뢰가 입을 열었다.

"우리는 성도로 가네."

뜬금없는 말에 적월이 삐딱한 표정으로 당한뢰를 바라봤다. 마지막 말을 빼앗긴 탓에 가뜩이나 기분이 별로인 탓에 시비를 거는 것처럼 들렸기 때문이다.

적월이 퉁명스레 대답했다.

"그런데요?"

"괜찮으면 타겠는가?"

"동행을 하자는 겁니까?"

"그렇지. 어차피 가는 방향도 같은데 말동무나 함세."

적월은 잠시 당한뢰를 바라봤다.

크게 나쁜 제안은 아니다.

이곳에서 말을 구하지 못하면 북천까지 가는 데 이틀가량은 더 소모될 것이다.

그리고 척 보아하니 자신에게 호감을 가지고 있는 듯하다.

그렇지 않고서야 어찌 정체도 모르는 자신에게 이토록 호의를 베풀겠는가.

적월이 대답을 미루고 있자 당한뢰가 다시금 말했다.

"왜, 싫은가? 싫으면 어쩔 수 없네만."

"아뇨. 좋습니다. 동행하지요."

적월은 고개를 끄덕이며 대답했다.

아무리 생각해도 적월이 손해 볼 만한 장사가 아니다.

적월의 수락이 떨어지자 마차 안에 있던 당한뢰가 문을 열었다.

달칵.

문을 연 당한뢰가 적월을 향해 손짓했다.

"어서 타게나."

적월은 마차로 다가가 성큼 올라탔다. 마차 안에는 당한뢰와 그의 손녀딸인 당수연이 자리하고 있었다.

당수연이 마차에 올라타는 적월에게 먼저 가볍게 목례를 했다.

적월이 마차에 오르자자 당한뢰가 바깥에 있는 마부에게 말했다.

"출발해 주게. 아, 경로를 바꿔서 북천을 경유했으면 좋겠네."

"그러지요. 이랴."

어차피 도강언을 거치나 북천을 거치나 거리는 거의 흡사하다. 마부의 입장에서도 큰 상관이 없었던 것이다.

마차가 감무를 출발해서 달리기 시작했다.

덜컹거리는 마차에 몸을 실은 적월은 말없이 건너편에 앉은 두 사람을 바라봤다.

맞은편에 있는 두 사람 또한 멀뚱멀뚱 적월을 바라보고 있었다.

잠시 어색한 침묵이 흐르는 그때 당한뢰가 적월을 향해 말을 걸어왔다.

"그나저나 어제 손봐 준 그들은 어디에 놔두고 왔는가?"

"그냥 객잔 구석에 처박아 놨으니 일어나면 가겠지요."

적월은 대충 둘러댔다.

이미 어제 저녁에 살문 살수에게 딸려 보냈는데 어디 있는지 알 리가 없다. 하지만 어차피 이들이 다시금 객잔으로 돌아가서 확인할 것도 아니니 들킬 리가 없다.

당한뢰가 말을 이었다.

"그런데 북천으로는 왜 가는 것인가? 아는지 모르겠지만 어제 자네가 손봐 준 자들은 철련문의 무인들이네. 그리고 그 철련문이 바로 그곳 북천에 있지."

"아, 그렇군요."

이미 다 알고 있었지만 적월은 그랬냐는 듯이 대답했다.

굳이 이들과 길게 대화를 나눌 생각이 없었기 때문이다. 하물며 철련문에 대한 이야기라면 더더욱. 하지만 상대는 결코 호락호락한 상대가 아니었다.

당한뢰는 웃으면서 뼈가 실린 한마디를 던졌다.

"우연인가?"

"뭐가 말입니까?"

"자네가 어제 그들과 싸움이 벌인 것과 또 북천으로 가는 게 과연 우연일까 해서 말이야. 아니면 그 싸움에…… 무엇인가 의미가 있는 건 아닐까 생각이 드는구먼."

"생각이 너무 많으시군요."

"허허, 나이를 먹으니 다 이렇게 되더군."

말은 그리 하지만 당한뢰의 시선에는 이미 확신이 서려 있다. 적월은 자신도 모르게 속으로 혀를 찼다.

'능구렁이 같은 영감이군.'

머리가 좋은 자다.

적월은 내심 불쾌하다는 표정으로 당한뢰를 쏘아붙였다.

"저에 대해 캐물으려고 동행하자고 부른 겁니까?"

"그런 생각이 들었다면 미안하네. 나는 정말로 자네가 맘에 들어 동행을 하자 청한 걸세. 혹여나 기분이 나빴다면 진심으로 사과하겠네."

당한뢰가 진심으로 미안하다는 표정을 지어 보였다.

솔직히 말해 이 사내가 철련문과 무슨 일이 있었는지는 크게 중요치 않다.

하지만 확실한 것은 결코 좋은 연은 아닐 거라는 거다.

결코 사천당문에 해가 될 사내가 아니다.

그거면 충분했다.

사과의 말은 전했지만 당한뢰는 정말로 너무 궁금한 게 하나 있었다. 잠시 머뭇거리던 당한뢰가 다시금 입을 열었다.

"마지막으로 딱 하나만 더 물어도 되겠는가. 아, 철련문에 대한 질문도 아니고 혹시나 대답하고 싶지 않으면 그래도 되네. 해도 되겠는가?"

마지막이라는 말에 적월은 고개를 끄덕였다.

적월의 승낙이 떨어지자 당한뢰가 여전히 웃음을 머금은 채로 말했다.

"비사문을 부순 것도 자네인가?"

"에엑?"

여태까지 별반 반응 없이 앉아 있던 당수연이 놀랐는지 희한한 비명을 토해 냈다.

하지만 정작 당사자인 적월은 아무렇지 않았다.

적월이 물었다.

"왜 그리 생각하십니까?"

"나도 잘 모르겠네. 다만 어제 자네가 철련문 무인들을 제압하는 모습을 보고 있자니…… 문득 그런 생각이 들더군."

어린 나이라고는 믿을 수 없는 무위, 그리고 정체불명의 사내. 비사문을 단신으로 부쉈다는 그자와 일치한다.

물론 이 조건에 부합되는 것은 적월뿐만이 아닐 수도 있다.

그렇지만 당한뢰는 왠지 모르게 그 일도 이 사내의 작품이 아닐까 생각하게 되었다.

자신을 바라보며 웃고 있는 당한뢰를 향해 적월이 대답했다.

"맞습니다."

"역시!"

놀람보다는 자신의 예상이 맞았다는 것에 대해 당한뢰는 즐거워하는 듯했다.

놀란 것은 당한뢰의 옆에 있는 손녀딸 당수연뿐이다.

당한뢰는 적월에 대해 더 많은 관심이 생겼다.

"나이가 몇인가?"

"곧 스무 살이 됩니다."

"대단하군, 대단해."

아직 스무 살도 안 된 청년이 혼자서 비사문을 박살 냈다.

그리고 어제 철련문 무인들에게 사용한 손놀림을 보아하니 그것은 결코 우연이 아닐 것이다.

감탄이 나오지 않을 수가 없다.

적월은 더는 이야기가 섞는 게 귀찮았는지 슬그머니 팔짱을 끼고 두 눈을 감았다.

하지만 적월의 목적지인 북천까지는 아직 삼 일이나 남았다.

겨울이다.

한낮에도 쌀쌀한 날씨에 두 손을 비비게 되지만, 그 추위는 밤의 것과는 비교도 하기 힘들다.

정말 살을 찢어 버릴 것만 같은 추위.

하루 종일을 달렸다. 하지만 근방에 마을이 없는 탓에 적월을 비롯한 그들은 결국 노숙을 해야만 했다.

무인인 탓에 보통 사람들보다 훨씬 낫다 하지만 그래도 춥다는 건 변하지 않았다.

타닥타닥.

"으, 춥구나."

모닥불 앞에 앉은 당한뢰가 중얼거렸다.

간신히 피운 불 앞에서 몸을 녹이던 당한뢰의 시선이 말린 고기를 꺼내는 적월에게로 향했다.

간단하게 식사를 때우려는 그를 향해 당한뢰가 물었다.

"따뜻한 것 좀 먹겠는가?"

"주신다면야 사양하지 않지요."

"기다리게."

말을 마친 당한뢰가 마차 안으로 가서 짐을 풀었다. 그러고는 성인 남자 머리만 한 크기의 통을 들고 걸어왔다.

그 안에는 밥이 담겨 있었다.

당한뢰는 그 통 안에 물을 붓더니 이내 모닥불을 이용해 밥을 끓이기 시작했다.

휘휘 저어 가며 끓이는 밥이 이내 점점 죽으로 변해 가기 시작했다. 다소 시간이 걸리긴 했지만 죽이 완성되자 당한뢰는 그것을 다른 이들에게도 나누어 주었다.

적월 또한 당한뢰에게 건네받은 죽을 조심스레 먹었다.

솔직히 맛이 있을 리는 없겠지만 그래도 이 같은 곳에서 먹으니 이것 또한 나쁘지 않은 것 같았다.

뜨거운 죽 덕분인지 한순간이지만 배 부분이 뜨끈뜨끈하다.

그리고 당한뢰가 옆에 놔두었던 술병 두 개를 들어 올리며 웃었다.

"이것도 있다네. 어떤가?"

"좋죠."

적월이 피식 웃었다.

당한뢰는 술병 하나를 적월에게 휙 집어던졌다. 하지만 적월은 그걸 어렵지 않게 받아 냈다.

꽉 막혀 있던 마개를 따자 그 안에서 독한 술 냄새가 치고 올라왔다.

화주다.

값싼 술이지만 이런 추위에는 화주가 제격이다. 지독하게도 독한 술인지라 한 모금 하는 것만으로 전신이 화끈거릴 수 있으니까.

화주를 벌컥벌컥 마셔 대는 적월을 보며 당한뢰가 말했다.

"술도 제법 하는 모양이네."

"뭐, 못 마시는 편은 아닙니다."

"얘야, 너도 한 모금 하겠느냐?"

당한뢰가 시선을 돌리더니 옆에 앉아 있는 당수연에게 장난스럽게 말했다. 그러자 당수연이 손을 휘휘 저으며 대꾸했다.

"전 됐으니 할아버지가 다 드세요. 대체 그 독하기만 한 술은 무슨 맛으로 먹는 건지……."

"껄껄. 네가 아직 어려서 그렇단다. 조금만 더 나이를 먹으면 이 맛을 알게 될걸."

손사래 치는 손녀를 사랑스럽게 바라보는 당한뢰의 모습이 적월은 그리 나쁘지 않았다.

조용히 술병을 기울인 지 얼마 되지 않아 모포를 말고 있던 당수연이 꾸벅거리며 졸기 시작하더니 급기야는 자리를 펴고 잠을 청했다.

마부는 이미 잠을 자러 간 지 오래, 자연스레 모닥불 앞에는 적월과 당한뢰 둘만이 자리하고 있었다.

둘은 서로 아무런 대화도 없이 독한 화주만 마셔 댔다.

조용히 화주를 마시던 당한뢰가 천천히 입을 열었다.

"생각해 보니 아직 이름도 모르는군. 이름이 무엇인가?"

"적월이라고 합니다."

"좋은 이름이로군. 내 이름은 당한뢰라고 하네. 사천당문 소속이라는 건…… 굳이 말 안 해도 알고 있었을 것 같고. 아, 그리고 저 아이는 당수연. 내 손녀딸이지."

말을 마친 당한뢰가 손에 들려 있던 술병을 내렸다.

웃기만 하던 그의 얼굴에 아까까지와는 다른 표정이 서려 있었다.

적월은 술병을 기울이면서도 그러한 변화를 단번에 알아차렸다.

당한뢰가 마음에 담아두었던 말을 꺼냈다.

"솔직히 말해 자네에게 자꾸 캐묻고 싶지는 않네. 개인적으로 자네가 너무 마음에 들고, 만날 때마다 웃으면서 함께 술잔을 기울여 주는 젊은 친구가 되어 주었으면 하는 마음도 있네."

이것이 바로 당한뢰의 솔직한 개인적인 생각. 하지만 당한뢰는 그저 개인만으로 살아갈 수 없는 존재다.

물러났다고는 하지만 사천당문의 가주를 맡았던 자고 또 무림에서 그가 차지하는 비중 또한 보통이 아니다.

더군다나 철련문과 관련된 일이라면 더더욱 알아야만 했다.

당한뢰가 무거운 어조로 말을 이었다.

"하지만 사천당문의 일인으로서 꼭 알아야 할 것 같아서 묻겠네. 북천에 가는 이유가…… 철련문 때문이 맞는가?"

애초부터 당한뢰가 눈치채고 있다는 걸 알고 있던 적월이다.

그랬기에 지금 당한뢰의 질문에 전혀 놀라지 않았다.

다만…….

이번에는 오히려 적월이 물었다.

"대답을 드리기 전에 제가 하나 물어야겠습니다."

"그러게나."

"사천당문과 철련문이 사이가 좋지 않은 것 같은데 그 이유가 무엇입니까?"

살문 살수들에게 이것에 관해 조사를 부탁했다.

하지만 내부인들만 아는 또 다른 무엇인가가 있을지도 모른다는 생각에 적월은 당한뢰에게 직접 물은 것이다.

더군다나 당한뢰는 사천당문의 전대 가주의 위치에 있던 자다.

이보다 더 많은 사실을 아는 자는 결단코 없을 게다.

적월의 질문에 잠시 머뭇거리던 당한뢰였지만 이내 깊은 한숨을 내쉬었다.

이미 어느 정도 무림에 소문이 난 사건이다.

물론 그 속에 자세한 내막까지야 당문 내의 몇몇만이 알고 있긴 하지만 그렇다고 해서 이것이 꼭 비밀이거나 그런 것은 아니다.

당한뢰가 말을 시작했다.

"당문의 가주에게는 일남일녀가 있었다네. 그중에 일녀가 바로 지금 저기 있는 당수연일세. 그리고 수연이에게는 세 살 어린 당철휘라는 남동생이 있었지. 그 아이가 삼 년 전 열한 살의 나이에 실종됐네."

"실종이요?"

"그래. 사천당문의 무인들과 함께 구채구로 여행을 떠났다가 돌아오지 않았네."

말을 하는 당한뢰의 표정에는 깊은 괴로움이 묻어났다.

그것은 후회였다.

함께했어야 했다.

함께 놀러가자는 당철휘의 부탁을 바쁘다는 이유로 거절한 것이 바로 자신이다. 만약 그때 자신이 있었다면…… 아마도 그 같은 일은 벌어지지 않았을 것이다.

당한뢰의 말이 이어졌다.

"당시 사천당문은 당철휘의 흔적을 찾기 위해 많은 사람들을 풀었지. 당철휘와 마지막 연락이 된 것이 바로 철련문의 안이었네. 우리는 거기서부터 수색을 시작했지만 점점 조사할수록 의구심이 들기 시작했네."

사건이 이상하게 돌아가기 시작했다.

비록 철련문이 정파는 아니었으나 그렇다고 해서 어린아이를 잡아가거나 죽일 정도로 사악한 무리로 생각해 본 적이 없다.

만약 그들이 그런 사악한 자들이었다면 사천당문의 무인들이 초청을 받았다하여 그곳에 갔을 리가 없다.

당연히 처음에 그들은 의심 대상에서 제외되었었다.

하지만 수색을 하면 할수록 무엇인가 이상한 것들이 발견되기 시작했다.

들어간 흔적은 있다.

한데…… 나온 흔적이 없다.

그 말은 곧 철련문 내부에서 당했다는 소리다.

하지만 철련문은 그저 이튿날 아침 일찍 떠났다는 말만 반복할 뿐이었다. 그러나 말이 되지 않았다. 철련문은 커다란 마을인 북천 중앙에 위치하고 있다.

정말로 사천당문의 무인들이 철련문을 떠났다면 그걸 본 사람이 적어도 수십, 수백은 되어야 말이 된다.

그런데 그 누구도 사천당문의 무인들이 북천을 떠나는 모습을 보지 못했다고 한다.

사천당문은 이 부분을 지적하며 철련문에게 진실을 밝히라며 따지고 들어갔다.

그러자 철련문은 호의를 베풀었음에도 오히려 자신들을 모욕한다고 큰소리쳤고, 사천당문은 그렇다면 그들이 언제 어디를 통해 갔는지 정확한 정보를 달라고 받아쳤다.

하지만 철련문은 자신들 또한 그건 잘 모른다며 두루뭉술하게 대응할 뿐이었다. 사천당문 입장에서는 속 터질 노릇이었고 의심할 수밖에 없는 상황이었다.

여러 가지 정황 증거나 심증은 있다.

하지만 결정적인 물증은 없다.

고의든 고의가 아니든 간에 당철휘의 죽음과 철련문이 깊은 관련이 있을 거라 사천당문은 확신을 가지기 시작했고, 그 이후부터 두 문파 간의 사이는 최악으로 치닫고 있었다.

당한뢰는 긴 설명을 끝마치고는 깊은 한숨을 내쉬었다.

이야기를 하는 와중에 다시금 가슴 한편에 쌓여 있던 미안한 마음과 죄책감이 고개를 들었기 때문이다.

놓았던 술병을 들어 올린 당한뢰는 그 안에 남아 있던 화주를 모두 입안에 털어 넣었다. 그러고는 씁쓸한 표정을 지은 채로 중얼거리듯이 말했다.

"난 아직도 후회하네. 그때 손주 녀석의 부탁대로 같이 가기만 했더라면……."

당한뢰는 부들부들 떨다가 고개를 치켜들었다.

쏟아지려는 눈물을 감추기 위해서다.

그런 당한뢰는 모습을 적월은 말없이 바라만 보고 있었다.

적월은 당한뢰가 한결 진정이 된 후에야 입을 열었다.

"범인이 철련문이라 생각하십니까."

"그러네. 물론 그들이 직접 죽이거나 납치를 한 건 아닐 수도 있네. 다만 하나 확실한 건 놈들은 무엇인가를 알고 있고 이 일에 개입되어 있다는 것이지."

적월은 침묵했다.

사천당문 가주의 아들, 그리고 명객…….

관련이 있는 것일까? 아니면 전혀 별개의 사건인 것인가. 당장에 두 개를 놓고 봤을 때는 전혀 관련이 있어 보이지 않는다.

명객이란 존재는 보통의 무인으로서는 감당하기도 힘든 수준일 게 분명하다.

그런 자들이 사천당문 가주의 아들을 어디다가 쓴단 말인가. 그것도 당시 고작 열한 살밖에 되지 않았던 어린아이를.

혹여나 훗날 인질로 삼기 위해 잡아 둔 것일까?

적월은 쉬이 답을 내리기 어려웠다.

살문의 정보통들이 새로운 정보들을 구해 내기는 하겠지만 그것이 얼마나 결정적인 단서가 될지는 장담하기가 어려웠다.

역시나 직접 철련문 안으로 들어가 보는 것밖에는 방법이 없는 듯했다.

적월이 마음속으로 철련문에 대한 결정을 내렸을 때다.

당한뢰가 말했다.

"난 할 말을 다했네. 이제 자네 차례야."

"굳이 속여야 할 이유가 없으니 저도 사실대로 말씀드리죠. 북천에 가는 건 철련문 때문이 맞습니다."

"역시나로군."

당한뢰는 고개를 끄덕였다.

하지만 당한뢰가 아는 것은 여기까지다. 어떠한 목적으로 적월이 철련문을 찾아가는지는 전혀 알지 못한다.

그것을 말해 줄지 아니면 감출지는 적월의 몫.

적월은 후자를 택했다.

"놈들을 조사해야 할 일이 있습니다."

"조사? 무엇을 말인가?"

"자세한 건 말씀드릴 수 없고 그냥 그 정도만 아시면 됩니다."

지옥이나 명객에 대한 이야기를 시시콜콜 당한뢰에게 할 수도 없는 노릇이다. 굳이 말해야 할 필요성도 없지만 설령 솔직히 말한다 해도 믿지 않을 게 분명하다.

예전의 적월이라도 그건 마찬가지였을 테니까.

당한뢰가 조심스레 물었다.

"그럼 조사를 한 후에는 어찌 할 생각인가?"

"뭐, 그거야……."

철련문을 조사할 것이다. 그리고 만약 그곳에 명객이 있다면 예정대로 지옥의 법도를 따라 그에게 심판을 내릴 것이다.

지옥의 법도가 그들에게 내릴 수 있는 판결은 오직 하나뿐.

적월이 침착하게 말을 이었다.

"만약 철련문이 제가 아는 그들과 관련이 있다면 박살을 내 버릴 겁니다."

대수롭지 않게 내뱉는 말이지만 당한뢰로서는 놀라지 않을 수 없었다.

철련문에는 수많은 무인들이 있고 그들의 무공은 강인하면서도 패도적이다. 특히나 당대 철련문주의 무공은 사천성에서도 열 손가락 안에 꼽을 정도의 절정고수다.

오대세가의 하나인 사천당문조차 철련문과의 전면전은 피한다.

싸워서 이길 수 있을지도 모른다.

하지만 사천당문조차 팔 할 가까운 힘을 잃을 게 분명하다.

그만큼 철련문은 강하다.

그런 문파를 지금 이 사내는 박살을 내겠다고 하는 것이다.

살수 문파 비사문을 없앤 자가 눈앞에 있는 적월이라는 건 잘 알고 있다.

하지만 비사문과 철련문은 완전히 다르다. 그 숫자는 물론이거니와 무력 자체가 비교 대상이 될 수도 없다.

살수는 상대를 죽이는 것에 특화된 자들이다. 무공 자체로만 놓고 본다면 철련문은 그들에 비해 몇 배 이상은 어려운 상대일 것이다.

당한뢰가 더듬거리며 물었다.

"호, 혼자 말인가?"

"물론입니다."

적월은 망설이지 않고 대답했다.

당한뢰는 자신감 가득한 적월을 그저 바라만 볼 수밖에 없었다.

혼자서 철련문을 치겠다고? 과연 지금 중원에서 단신으로 철련문을 무너트릴 수 있는 자가 얼마나 될까?

단언하건데 그 숫자는 정말 극소수에 불과할 것이다.

그런 거대한 일을 이토록 어린 사내가 아무렇지 않게 입에 담은 것이다.

실성했다.

실성하지 않고서야 어떻게 이 같은 말을 내뱉을 수 있단 말인가.

한데 왜일까?

왜 자꾸 이 사내에게 눈이 가는 것인가. 이토록 말도 안 되는 헛소리를 왜 자신은 이토록 진지하게 듣고 있는 것인가.

대체 무엇이…… 이토록 당한뢰를 두근거리게 만드는 걸까.

정말 지나가다가 만난 인연이다.

거기서 끝났을 수도 있는 사이, 하지만 지금 이렇게 동행을 하게 됐고 어쩌면 철련문이라는 같은 적을 가지고 있는 걸 수도 있다.

과연 이렇게 만나게 된 것이 그저 우연이라고만 할 수 있을까?

만나야 하는 인연이기에 만난 것은 아닐까?

철련문과의 전면전…… 당한뢰로서는 할 수 없는 일이다.

혼자서 그들과 싸울 수도 없을 뿐더러 또 이 일로 인해 불어닥칠 후폭풍도 만만치 않다. 사천당문의 전대 문주의 신분으로서 그러한 행동을 한다는 것은 가문에 큰 해를 끼치는 일이 된다.

당한뢰가 물었다.

"그렇다면 철련문을 어찌 조사할 생각인가."

"제 나름의 정보통도 있고 한데, 직접 들어가 봐야 제대로 파악할 것 같습니다. 어떻게든 철련문 안으로 들어가 볼 생각입니다."

적월의 말을 가만히 듣고 있던 당한뢰의 머릿속으로 한 가지 생각이 떠올랐다.

물론 결코 혼자서는 해서는 안 되는 결단. 그렇지만 지금 결단을 내리지 않으면 평생을 후회할지도 모른다.

수많은 상념들이 머리를 복잡하게 했지만 당한뢰는 결국 결단을 내렸다.

당한뢰가 비장한 어투로 말했다.

"내가…… 자네를 철련문 안으로 떳떳하게 들어가게 해 주겠네."

"저를 말입니까?"

"그러네."

"도와주신다면 거절할 이유는 없지만 전 사천당문의 복수를 해 주려고 하는 게 아닙니다. 제가 하고자 하는 일과 관련이 없다면 철련문을 건드리지 않을 겁니다."

"그거야 자네의 선택이니 내가 왈가왈부하지 않겠네."

애초부터 적월에게 그들을 무조건 박살 내 달라고 할 생각은 없었다. 사실 엄밀히 보자면 남남인 사이에 그 같은 부탁까지 하는 건 염치가 없는 일이다.

적월이 무엇인가를 더 알아내 주거나, 아니면 그의 사정으로 인해 철련문을 박살을 내 준다면 물론 더없이 좋을 일이다.

하지만 그렇다고 해서 그런 것을 적월에게 강요할 생각은 전혀 없다.

당한뢰는 철련문을 결코 용서할 수 없었다.

설령 그들이 진짜 범인이 아닌 그저 뭔가를 알고 숨기는 것이라 할지라도 그것 또한 잘못이다. 떳떳했다면 밝혔어야 했다. 하지만 밝히지 못했다는 것은 그들 또한 무엇인가 구린 게 있다는 소리이기도 하다.

어린아이였다.

너무나 밝고 착한 그런······.

이유가 무엇이었든 간에 그런 손자 당철휘의 죽음에 관련되었다면 용서치 않을 것이다.

철련문은 물론이거니와 사천당문 내부에서조차 당한뢰가

약초도 구할 겸 바람을 쐬러 구채구까지 온 것이라 생각했지만 실상은 그게 아니었다.

오랜 시간 사천당문은 철련문에 조사단을 파견한 상태였다.

그것이 벌써 삼 년이 훌쩍 넘었고 이제는 그들의 존재가 과연 필요한가에 대해서도 말들이 많이 나오고 있다.

솔직히 말해 철련문으로 파견된 조사단은 이제 막바지다.

더는 조사할 것도 없고, 또 그곳에 머물 명분조차 없다.

그나마 사천당문의 말에 힘을 실어 주던 무림맹에서조차 슬슬 조사를 끝내야 하지 않느냐고 넌지시 압박을 가해 온다.

거기다 이번에 철련문에서 정식으로 이 조사단을 떠나게 해 달라고 무림맹에 요청했다고 한다. 결과가 나온 것은 아니지만 이미 그 답은 알고 있다.

조사단은 사천당문으로 곧 돌아와야 할 것이다.

그 사실을 너무나 잘 알기에 당한뢰는 마지막으로 무엇인가 단서를 찾고자 구채구까지 갔었던 것이다.

당철휘가 들렀었다는 구채구의 모든 곳들을 돌아보았지만 단서가 나올 리가 없다. 단서가 있었다면 이미 오래전에 조사단들이 찾았을 것이 분명했다.

당한뢰의 여정이 끝나면 곧 조사단들은 사천당문으로 돌아온다.

그러면 모든 게 끝이다. 더는 철련문을 조사할 수 없게 되는 것이다.

그랬기에 당한뢰는 지푸라기라도 잡는 심정으로 도박을 걸어 보려고 하는 것이다.

바로 이 적월이라는 사내에게.

적월에게 다가온 당한뢰가 조그마한 목소리로 말을 꺼냈다.

"내 계획은 이렇다네."

第八章
철련문(鐵鍊門)

수상하군

　철련문의 입구에서 조금 떨어진 곳에서 중년의 사내가 서성이고 있었다.

　사내의 표정은 그리 좋지 않았다.

　그건 어제 내려온 명령 때문이다.

　사내의 정체는 사천당문의 무인 당유민(唐流敏)이라는 자였다.

　당유민은 어제 늦은 저녁 즈음에 비밀스러운 서찰 한 장을 받았다.

　그 서찰은 다름 아닌 사천당문의 전대 가주이자 최고 고수인 당한뢰가 보내온 밀지였다.

원래부터 당한뢰와 비밀스럽게 연락을 주고받던 당유민이
다.

밀지가 온 것은 결코 특별한 일이 아니었지만…… 문제는
그 안의 내용이었다.

'미치신 게야. 그렇지 않고서야……'

당한뢰는 밀지를 통해 누군가를 자신에게 부탁했다. 그리
고 그를 도와 남은 시간 동안 철련문을 조사해 달라는 것이
었다.

이제 이곳 철련문에 남아 있을 시간이 얼마 남지 않았으니
이 같은 명령을 내릴 수는 있다.

다만 이곳에 오는 자가 사천당문의 무인이 아니라는 게 문
제다.

거기다가 정체도 모른단다.

그런 그를 어떻게든 감사관으로 해서 철련문 안을 조사하
게 해 달라는데, 그게 말처럼 쉽겠는가?

그리고 당장엔 그렇게 한다 해도 추후에 이런 사실이 밝혀
진다면 그때는 어쩌겠단 말인가.

당연히 당유민으로서는 발을 동동 구를 수밖에 없었다.

그는 주변을 두리번거리다 하늘을 올려다봤다. 해의 위치
를 보아하니 대충 신시(申時)가 다 되어 가는 듯 했다.

도착할 시간이 되었다는 생각에 주변을 두리번거리던 당유
민의 눈에 한 사내가 들어왔다.

딱히 보려하지 않았음에도 불구하고 너무도 눈에 띄는 사내다. 뛰어난 용모에 자신감 있어 보이는 표정은 절로 사람의 시선을 끈다.

문득 당한뢰가 보내온 밀지에 적혀져 있던 한 구절이 떠올랐다.

'젊다고는 하셨지만…… 에이, 설마.'

철련문에 오는 자가 무척이나 젊을 거라는 말은 들었다. 하지만 저자는 젊다기 보다는 어리다고 해야 될 정도로 나이가 적어 보였다.

아닐 거라고 생각을 하면서도 당유민은 다가오는 사내에게서 눈을 떼지 못했다. 왠지 모를 불안감이 온몸을 엄습한다.

다가오던 사내가 당유민의 지척에 이르러 갑자기 멈추어 섰다.

사내가 입을 열었다.

"사천당문?"

"끄응!"

왜 항상 불길한 예감은 이리도 적중하는지 모르겠다.

철련문이 있는 북천에 도착한 적월은 바로 당한뢰가 가르쳐 준 장소로 향했다.

그리고 적월은 그곳에서 자신을 기다리는 당유민을 만났

다.

미리 당한뢰가 연락을 취해 둔 탓인지 구구절절 이야기 할 필요도 없이 속전속결로 일이 처리됐다.

당유민이 품 안에 감춰 뒀던 종이 하나를 꺼내어 적월에게 건넸다.

그리 길지 않았기에 안에 적힌 내용을 살피는 것은 오래 걸리지 않았다.

종이 안에는 지금 철련문과 무림맹의 관계 등에 대해 간략하게 설명되어 있었다.

종이 안에 적힌 걸 모두 읽은 적월이 고개를 들자 당유민이 말했다.

"그게 당신 신분이오."

무림맹 금황단(金皇團) 감찰사.

무림맹에는 금황단이라는 곳이 있다.

그들은 외부에서 벌어진 일을 감시하고 조사하는 임무를 맡고 있다.

금황단 자체가 대내외적으로 활동을 많이 하지 않기에 얼굴이 알려지지 않았다는 것도 신분을 위장하는 데 큰 도움이 됐다.

들키지는 않겠지만 당유민은 걸리는 것이 한두 가지가 아니었다.

혹시나 나중에 이 일이 무림맹의 귀에 들어간다면 제아무리

오대세가의 하나인 사천당문이라 해도 쉽게 넘어가지 못할 것이다.

그리고 얼굴.

당유민이 적월의 얼굴을 천천히 뜯어봤다.

무림맹의 감찰사라고 하기에는 어려도 너무 어리다.

밀지를 통해 어리다는 말을 들어서 이십 대 중후반은 생각했는데, 이건 갓 스물 정도밖에 되어 보이지 않는가.

당유민이 걱정스러운 듯이 탄식을 뱉었다.

"끄응, 너무 어려 보이는데……."

이런저런 불안감이 밀려오지만 어쩔 수 없다. 이미 철련문에 다가도 오늘 무림맹에서 사람이 온다고 하지 않았던가.

이미 주사위는 던져졌다.

"주의해야 할 걸 말해 주겠소. 우선 당신이 안에서 머물 수 있는 시간은 딱 나흘이오. 그 안에 뭔가를 찾든 찾지 못하든 우리는 떠나야 한다는 거요. 그리고 이미 뒤져 볼 만큼 뒤진 철련문을 어떻게 조사할 생각인지는 몰라도 너무 튀어서 분란을 일으키지 마시오. 알겠소?"

"뭐, 그리하죠."

"그럼 나를 따라오시오. 우선 철련문 문주를 만나러 갈 것이니 각별히 주의하셔야 할 거요."

적월은 고개를 끄덕였다.

대충 저 멀리 보이는 곳이 철련문이리라. 사천에서 이름깨나

날리는 문파 정도로 알고 있었는데 실제로 보니 그 크기가 보통이 아니다.

적월은 당유민의 뒤를 따라 철련문을 향해 걸었다.

철련문의 입구를 덩치가 있어 보이는 무인들이 지키고 서 있었다.

하지만 사전에 이야기가 된 탓인지 적월은 그들에게 아무런 제지도 받지 않고 철련문 안으로 들어설 수 있었다.

철련문의 내부로 들어선 적월은 관심 없는 척하면서도 빠르게 주변을 살폈다. 철련문 내부의 많은 이들이 적월을 살핀다. 하지만 그 표정에는 결코 호의가 보이지 않는다.

사천당문의 당유민과 함께하고 있는 것만으로 적월은 그들에게 증오의 대상이 되는 것이다.

그만큼 철련문과 사천당문 사이의 골은 무척이나 깊었다.

당유민을 뒤따르던 적월은 주변에 사람이 없음을 확인하고는 말했다.

"싫어하는 티를 대놓고 드러내는군요."

"이제는 익숙하오. 솔직히 이런 곳에서 삼 년 가까운 시간 동안 내가 살아 있다는 게 용할 지경이오."

혀를 내두르며 하는 말이 그저 농담으로만 들리지 않는다.

정말로 그런 생각이 들 정도로 힘든 시간을 보냈던 것이다.

적월이 물었다.

"철련문 문주는 어떤 사람입니까?"

"가식적인 자요."

철련문 문주를 잘 모르는 자들은 그를 대인배로 생각한다.

그는 무척이나 의협심 있는 듯이 행동하고 다른 사람들을 배려하는 행동을 취한다.

그런 모습만 봤을 때 철련문 문주는 분명 대인배다. 하지만 그것은 그에 대해 잘 알기 직전까지 하는 생각이다.

이곳에서 삼 년 가까운 시간을 보낸 당유민이다.

그런 당유민이 본 철련문 문주는 가면을 쓰고 있는 사내다. 겉으로 보기엔 한없이 좋은 사람이지만 그 속 안에는 구렁이 몇 마리가 기어 다닌다고 해도 과언이 아니다.

당유민이 적월에게 충고하듯 말했다.

"조심하시오. 결코 만만한 자가 아니니."

당유민의 말에 적월은 고개를 끄덕였다. 철련문에 들어온 그 순간부터 적월의 감각 또한 극도로 예민해져 있는 상태다.

이곳은 명객이 있을지도 모르는 곳..

자신이 명객을 찾을 수도 있지만 반대로 그가 먼저 눈치를 챌 수도 있는 노릇이다.

물론 적월은 요기를 완전히 감추고 있긴 했지만 쉽사리 방심할 수는 없다.

아직까지 명객과 단 한 번도 만나지 못했다.

명객이라는 존재가 얼마만큼의 힘을 지녔는지 아직 알 수가 없었다.

짧은 대화를 나누는 사이 둘은 어느덧 철련문 문주의 거처에 다다라 있었다. 문주의 거처 앞에 서 있는 다섯 명의 수문위사들이 무시무시한 눈으로 적월과 당유민을 노려보고 있었다.

하지만 당유민은 이러한 일에 익숙한 탓인지 대수롭지 않게 그들에게 자신들이 온 것을 알렸다.

"안에다가 당유민과 무림맹의 감찰사께서 오셨다고 전해드리게."

"잠시만 기다리시오."

퉁명스레 말을 마친 수문위사 하나가 먼저 안으로 들어가더니 이내 다시금 문 바깥으로 걸어 나왔다. 바깥으로 나온 그가 옆으로 비켜서며 말했다.

"들어가시오."

허락을 받은 적월과 당유민이 수문위사들을 스쳐 지나갔지만 가는 내내 그 날카로운 눈빛은 거두어지지 않았다.

철련문의 내실로 들어서던 적월이 슬쩍 표정을 찡그렸다.

생각지도 않은 향기가 지독하게 풍겨온다.

지분 냄새다.

기루에서나 날법한 향이 이곳 문주의 거처에서 풀풀 풍기고 있다. 거기다 여인의 것으로 추정되는 지독한 꽃향기는 머리를 아프게 할 정도다.

철련문 문주의 거처에서 대체 왜 이런 향기가 난단 말인가.

바로 그때 목적지에 도착한 당유민이 발을 멈췄다. 문 앞에 선 당유민이 안쪽을 향해 입을 열었다.

"문주님, 들어가도 되겠습니까."

"들어오시게나."

곧바로 문 안쪽에서 대답이 흘러나온다.

그러자 당유민이 천천히 문을 열어 젖혔고, 동시에 적월의 표정을 변하게 만들었던 지독한 향이 방 안쪽에서 확하고 쏟아져 나온다.

열린 문을 통해 의자에 앉아있는 건장한 체구의 사내가 눈에 들어온다.

나이는 삼십 대 초반 정도로 보이지만 실제 그의 나이는 거의 오십이 가깝다고 알고 있다. 잘 단련된 몸은 흡사 젊은 사내의 것을 보는 것만 같다. 우람한 신체를 한 사내가 사람 좋아 보이는 미소를 적월에게 보내며 입을 열었다.

"어서 오시게. 내가 바로 철련문의 문주 등자평(藤茨平)이라 하네."

"금황단에서 왔습니다."

적월은 자신을 향해 반가이 인사를 던지는 등자평에 대해 눈 깜짝할 사이에 많은 것을 살폈다.

단단한 신체와 어려 보이는 얼굴……

보는 것만으로도 알 수 있을 정도로 강함이 물씬 풍겨 나온다.

사내답다는 느낌을 주는 이자는 분명 엄청난 고수다.

하지만…….

'특별하지 않은데.'

사천에서 손꼽히는 무인일 게 분명하다.

하지만 그뿐이다. 이 정도의 무인이라면 적월이 교주였던 시절 휘하에만 해도 수십은 있었다고 자부할 수 있다.

만약 철련문에 명객이 있다면 가장 확률이 높은 자가 문주 등자평일 거라 생각했었다. 그랬기에 철련문 문주와의 만남을 내심 기대했거늘 막상 만나보니 뭔가 특별한 것이 보이지 않았다.

물론 요기를 완벽히 감추어서 못 알아보는 것일 수도 있지만, 왠지 모르게 이자는 아닌 것 같다는 생각이 들었다.

'귀찮게 됐군.'

이자가 아니라면 이곳 철련문에 머무는 삼 일 동안 최대한 단서를 찾아야만 한다. 하지만 그 일은 결코 쉬운 일이 아닐 게 분명했다.

그 때 등자평의 침소에서 한 여인이 걸어 나왔다.

심하던 지분 냄새가 여인의 등장과 더불어 더욱 지독하게 퍼지기 시작했다.

처음 들어왔을 때부터 침소에 누군가가 있다는 걸 알고 있었고, 지분 냄새를 보아하니 여인일 거라는 건 알고 있었다.

그렇지만 뭐가 이리도 지독하단 말인가.

진한 꽃향기와 지분 냄새를 풍기는 여인이 등자평에게 다가왔다.

등자평은 다가오는 여인을 사랑스럽다는 듯이 바라보고 있었다.

적월과 여인의 눈이 마주쳤다.

젊고 아름답다.

새하얀 피부에 꽉 쥐면 터질 것만 같은 호리호리한 몸. 거기다가 사내들을 녹일 정도로 요염한 얼굴까지 지닌 여인이다.

여인은 등자평의 손을 맞잡으며 천천히 그가 앉아 있는 의자 뒤로 돌아가 기대어 섰다.

의자 뒤에 선 그녀의 시선이 적월에게 박혔다. 천천히 위아래를 살피는 여인의 눈동자가 적월은 그리 마음에 들지 않았다.

여인이 적월을 야릇하게 바라보며 입을 열었다.

"저분이 오늘 오신다는 감찰사분인가요?"

"그렇다는구려."

"어머, 감찰사를 맡기엔 너무 젊으신 거 아니에요? 거기다가 생기신 건 여인들이 부러워할 정도로군요."

여인의 말에 옆에 있던 당유민은 슬쩍 입술을 깨물었다.

하지만 아직까지는 의심을 하거나 그런 것 같지는 않다. 당

유민이 무엇인가 말을 하려고 할 때였다. 그보다 먼저 적월이
입을 열었다.

"보시는 것보다 나이가 많습니다. 그리고 문주님 또한 나
이에 비해 스무 살 이상은 어려 보이시는데 저에게 그리 말하
시면 놀리는 걸로밖에 들리지 않는군요."

"하하! 어려 보인다니 고맙소. 그나저나 이런 시기에 어인
일로 무림맹에서 감찰사를 보낸 것인지 잘 모르겠소이다. 뭐,
더 조사할거라도 남은 거요?"

"아, 너무 나쁘게 생각하지 마시지요. 아시겠지만 조만간
사천당문이 이곳에서 떠나야 하니 그 전에 이곳에서 있었던 일
들을 규합하여 상부에 올리기 위해 온 것입니다. 별거 아니니
신경 쓰실 필요 없습니다."

적월은 정중하게 준비 된 말을 술술 내뱉었다.

무림맹 무인의 신분으로 온 것이기에 적월은 얼굴에 환한
미소까지 머금고 있었다. 물론 이 모든 것이 다 가식적인 것이
었지만.

속내야 어떻든 간에 적월의 말을 들은 등자평이 고개를 끄
덕이며 말했다.

"알겠소. 어찌 됐든 이곳에 있는 삼 일 동안 각별히 신경 써
두라고 하겠소이다."

"배려 감사합니다. 그럼 저는 우선 물러나 여독을 좀 풀겠
습니다."

"그러시오. 방은 당 대협이 알아서 안내해 주실 거요."

"알겠습니다. 그럼 이만."

적월은 포권을 취하고는 몸을 돌려 걸어 나왔다.

그리고 그런 적월의 옆에는 안도한 표정의 당유민이 서 있었다.

당유민이 적월에게 따라오라고 눈치를 주고는 황급히 등자평의 거처를 빠져나갔다.

적월과 당유민이 사라지자 방 안에는 등자평과 여인만이 남았다.

여인의 손이 어깨를 타고 등자평의 가슴팍에 이르렀다.

마치 뱀처럼 몸을 타고 움직이는 여인의 손길에 등자평은 만족스러운 미소를 지었다.

등자평의 귓가에 입술을 가져다 댄 여인이 달아오른 듯한 숨을 내뱉으며 말했다.

"어떻게 하실 생각이세요?"

여인의 말에 등자평이 뜻 모를 미소를 지으며 중얼거렸다.

"글쎄…… 큭큭."

등자평은 우람한 팔뚝으로 다가오는 여인의 허리춤을 감싸 안았다.

등자평의 거처에서 나온 적월은 당유민의 방으로 먼저 이동했다.

당유민의 방은 철련문에서 외지에 위치하고 있었다. 아무래도 사천당문 소속인 그였기에 일부러 이런 외곽에 방을 내준 듯했다.

방 안으로 들어선 당유민이 주변을 두리번거리며 아무도 없다는 것을 확인한 후에야 문을 닫았다.

문을 닫고서야 당유민은 길게 한숨을 내쉬었다.

그런 당유민을 향해 적월이 말했다.

"우선 조사한 것 좀 봅시다."

"그러시오."

사실 이렇게 보여 주면 안 될 일이지만 당유민으로서는 어쩔 수 없었다.

당한뢰가 이자가 하는 말을 모두 들어주라고 명한 탓이다.

당유민은 오랫동안 모아 온 자료들을 적월에게 넘겼다.

하지만 자료를 주면서도 당유민은 기대하지 말라는 듯이 말했다.

"봐도 아무것도 없을 거요."

만약 무엇인가 단서를 찾았다면 이러고 있었겠는가.

이곳에서 삼 년 가까운 시간을 보냈지만 알아낸 사실은 아무런 것도 없다.

실종된 당철휘의 흔적도 찾지 못했고, 철련문의 수상한 점조차도 알아내지 못했다.

워낙 내용이 없었기에 적월은 삼 년간의 내용이 담긴 보고

서를 일각도 되기 전에 모두 읽었다.

아까 문주와의 만남이 그러했던 것처럼 이 보고서에서도 전혀 단서를 찾을 수가 없다.

사천당문 덕분에 안으로 들어올 수는 있었지만 이 이후부 터는 자신의 힘만으로 해결해야 될 듯싶었다.

하지만 적월은 초조하지 않았다.

그 이유는 바로 찾는 것이 완전히 달랐기 때문이다.

이 보고서는 사천당문을 기준으로 제작된 것이다. 그들의 목표는 당철휘를 찾는 것이고, 자신은 명객의 존재를 뒤쫓고 있다.

애초부터 이 보고서에서 적월이 원하는 것을 찾을 거라 생 각지는 않았다. 혹여나 모를 조그마한 단서가 있을까 살핀 것뿐이다.

삼 일이라는 시간은 분명 길지 않다.

그렇지만 분명 이렇게 철련문 안으로 들어와 있는 지금은 절호의 기회이기도 했다.

적월이 보고서를 내려놓으며 자리에서 일어났다.

자신도 안에서 알아보겠지만 그 전에 살문의 연락부터 받 는 것이 먼저다.

"잠깐 나갔다 오겠습니다."

"그러시오."

막 당유민의 방을 벗어나려던 적월은 퍼뜩 생각난 궁금증에 발을 멈췄다. 적월은 의자에 앉아 있는 당유민에게 물었다.

"아, 그런데 그 여자는 누굽니까?"

"누구를 말하는 거요?"

"등자평 옆에 붙어 있던 그 여인 말입니다."

그 여인을 생각하자 방 안에 가득했던 그 지독할 정도로 강한 향기들도 같이 떠올랐다. 그 향기가 얼마나 심했는지 아직까지도 머리가 지끈거릴 지경이다.

적월의 물음에 당유민이 답했다.

"공손하영(公孫河瑛)이오. 그런데 그 여인에 대해서는 왜 묻소?"

"좀 궁금해서 말입니다. 그럼 그 여자가 등자평의 부인입니까?"

"아니오. 부인은 예전에 사별했고, 그녀는 첩이라고 하더이다."

"첩이라."

적월이 나지막이 중얼거렸다.

한눈에 봐도 알 수 있을 정도로 등자평은 그 공손하영이라 불리는 여인에게 빠져 있었다. 대화를 하는 내내 그녀와 눈을 맞추는 모습을 보아하니 그건 분명했다.

잔뜩 뿌리고 다니는 향이 마음에 들지 않지만 어쩌면 이용할 수 있을지도 모른다는 생각이 들었다.

하지만 그것은 추후에 정할 문제.

수많은 생각을 머리에 담은 채로 적월이 철련문을 나섰다.

철련문이 있는 북천은 무척이나 큰 마을이다.

적월은 북천의 번화가를 천천히 걷고 있었다. 이미 살문과
는 어디서 만날지도 정해져 있는 상태였다.

그런데 아주 조그마한 문제가 생겨 버렸다.

'꼬리가 붙었어.'

적월이 철련문을 나선 지 얼마 되지 않았을 때부터 누군가
가 따라붙기 시작한 것이다. 물론 적월이 그것을 알아차리지
못할 리가 없었다.

추격자를 떼어놓고 싶다면 얼마든지 가능했다.

죽이려고 마음먹는다면 그리 어렵지도 않다.

하지만 적월은 모른 척했다. 지금은 추격자가 있다는 사실
을 모르는 척하는 것이 추후를 위해 더 좋을 거라는 생각이
들어서다.

추격자가 붙어 버린 탓에 적월은 바로 목적지로 향할 수
없었다.

적어도 그자의 눈에 적월이 무엇인가를 조사하는 듯한 모
습을 보여 줘야만 했다.

적월은 괜스레 북천 곳곳을 돌며 사람들에게 이런저런 것
들을 물었다.

질문 또한 아무런 거나 던질 수 없다.

아마도 철련문의 추격자는 질문을 한 대상에게 찾아가 자신이 무엇을 물었는지 꼬치꼬치 캐물을 게 분명할 테니까.

적월은 흡사 사천당문과 철련문의 문제를 캐고 다니는 것처럼 행동했다. 그저 무엇인가를 묻고만 다니는 듯이 보였지만 그게 전부는 아니었다.

적월은 뒤에서 쫓아오는 추격자 모르게 계속해서 살문에게 자신이 어디로 갈지 흔적을 남기고 있었다.

처음 만나기로 한 장소는 너무 외지인지라 만난다면 눈에 띌 수밖에 없다. 그래서 장소를 변경하고자 흔적을 남기는 것이다.

한 시진이 넘는 시간을 북천 시내 곳곳을 돌았다.

그리고 이내 그 노력이 결실을 맺었다.

처음엔 십 장 거리를 유지하던 상대가 점점 거리를 좁히더니 급기야는 삼 장 안으로 들어섰다.

추격자의 존재를 알아차리지 못했을 거라 판단한 모양이다.

적월은 속으로 피식 웃었다.

'얕보이고 있군.'

평소라면 얕보인다는 사실에 기분 나쁘겠지만 지금은 오히려 적월 스스로가 그리 보이게 만든 것이다. 그리고 그런 것이 성공했으니 오히려 웃음이 나온다.

대충 시간을 보냈다고 생각한 적월이 발걸음을 옮겼다. 북천 번화가를 돌며 살문 살수들과 연락을 취할 만한 곳을 살폈다.

그럴 만한 장소는 금방 찾아냈고, 그 이후부터는 북천 곳곳을 돌며 흔적을 남겼다.

살문의 살수들이라면 자신이 남긴 흔적을 발견하고 분명 찾아올 거라는 믿음이 있었다.

적월이 찾아간 곳은 커다란 노점이었다.

열 개에 달하는 큰 탁자가 있었고 그곳에서는 소면이나 만두 같은 간단한 음식들을 팔았다.

다닥다닥 붙어 있는 의자 중 하나에 걸터앉으며 적월이 소리쳤다.

"여기 소면 한 그릇 맛있게 말아 주시오!"

말을 마친 적월이 턱을 쓰다듬으며 지나다니는 사람을 구경이라도 하려는 듯이 주변을 두리번거렸다.

모르는 척하고 있었지만 적월의 시선이 한쪽에서 과일을 고르는 한 사내를 스치고 지나갔다.

적월은 찻잔을 들어 올려 입가에 가져다 대며 피식 웃었다.

등을 돌리고 있었지만 확실히 알 수 있었다.

저자가 방금 전까지 비밀스럽게 자신을 뒤쫓던 자가 분명했다.

자기 딴에는 완벽하다고 생각하고 있을 거라 생각하니 비

웃음이 절로 나온다. 제법 잠행술에 자신이 있나 본데 상대를
잘못 골라도 한참을 잘못 골랐다.

비밀스럽게 따라붙은 추격자의 존재는 적월에게 오히려 몇
가지 단서를 줬다.

'뭔가 켕기는 건 있는 모양이야.'

그것이 명객에 관련된 일일지, 아니면 사천당문에 관련된
일인지는 모르겠다. 하지만 무엇인가 뒤가 구리지 않았다면
자신에게 이처럼 누군가를 붙이지는 않았을 것이다.

적월이 여유 있게 차를 몇 모금 마셨을 때였다.

주문했던 소면 한 그릇이 그의 앞에 날아들었다. 적월이 식
사를 하기 위해 젓가락을 들어 올릴 때였다.

털썩.

바로 뒤편에 위치한 의자에 누군가가 걸터앉으며 목청을
높였다.

"소면에 만두! 시간 없으니 빨리 좀 부탁하오!"

말을 마친 그 사내는 이내 입을 닫았다.

적월은 뒤도 돌아보지 않았다.

하지만 그럼에도 불구하고 적월은 바로 등 뒤에 있는 자가
누구인지 알아차렸다. 굳이 보지 않아도 알 수 있다.

발자국 소리만으로도 적월은 지금 뒤편에 다가온 자가 살
수라는 걸 알아차렸다.

자신을 죽이러 온 자였다면 이토록 가까이 왔을 때 벌써

검을 쑤셔 넣었을 게다. 적어도 철련문의 눈으로 봤을 때 적월 자신은 그렇게 강한 고수가 아니니까 말이다.

그렇다면…….

— 죄송합니다. 표식을 늦게 발견하는 바람에 조금 늦었습니다.

— 아아, 괜찮아. 돌발 상황에 이 정도면 충분하지.

적월의 귓가에 들려온 전음. 역시나 이자는 살문 살수 초운학의 수하였던 것이다.

보통의 농사꾼으로 위장한 그가 날아든 소면을 후루룩 입안에 밀어 넣으며 재차 전음을 날렸다.

— 철련문에 대해 설명드리겠습니다. 철련문 문주 등자평은 뛰어난 권술로도 유명하지만 검의 고수로 연파검법(鉛波劍法)을 사용하고, 대뇌외적으로는 호방하고 의협심 있는 사내라 알려져 있지만 실상은 자신의 이익을 위해서는 더러운 짓도 서슴지 않는 자입니다. 추가적으로 말씀드리자면 그는 무림 서열 칠십팔 위의 고수입니다.

— 칠십팔 위? 그건 뭐야. 살문에서는 무림인들의 서열까지 매겨 놓은 거냐?

— 예. 살행을 해야 하니 그에 맞게 무인들의 순위를 어느 정도 잡아 두었습니다. 백 위 안에 드는 자는 가능하면 건드리지 않습니다.

지금 살문 살수가 말한 것대로 그들은 자체적으로 무림인들의 순위를 매겨 놓았다. 물론 정확한 것은 아니다.

최근까지의 모습을 기반으로 무인들을 판단하고, 그 기록을 기준으로 살행의 성공 여부를 파악하기 위해 만든 것이다.

이 중 백 위 안에 드는 자들은 한 지역에서 이름을 떨치는 고수들이다. 그리고 철련문 문주 등자평은 그런 절정고수에 속했다.

적월은 자신의 순위는 얼마쯤으로 생각했는지 궁금증이 치밀었지만 지금은 그런 사적인 일을 풀 만한 때가 아닌 듯했다.

살문 살수가 전음을 이어 나갔다.

— 등자평에 대해 더 말씀드릴까요?

— 아니, 놈의 신상 정보에 대해서는 됐어. 그보다 내가 부탁했던 뭔가 수상한 일이 벌어지거나 했던 그런 거 없어?

등자평에 대해서는 그리 궁금하지도 않다. 어차피 상대해야 할 적이라면 싸우면 그만이다. 그보다 적월이 궁금한 것은 수년 동안 이 근방에서 있었던 수상한 사건들이다.

적월이 살문에게 특별히 부탁한 부분도 바로 그러한 점이다.

사천당문은 오랫동안 철련문을 조사했다.

비록 보고 있는 것이 다르다고 해도, 그 정도로 오랜 시간 조사를 했다면 개중에 하나쯤은 명객에 관련된 것이 걸렸어야 했다.

하지만 그들이 알아낸 것은 전혀 없다고 봐도 무방하다.

물론 철련문이 잘 감췄을 수도 있다. 하지만 아무리 그렇다 해도 아무런 흔적도 찾지 못하는 건 방법이 틀렸다고밖에 생각되지 않는다.

적월은 접근 방법을 바꿨다.

비단 철련문뿐만이 아니다.

북천, 그리고 그 북천을 넘어서 사천까지…… 좁게 보지 말고 시야를 넓혀 보라고 부탁했었다.

살문의 정보력은 보통이 아니다.

정보력만으로는 적월에 의해 사라진 비사문조차 상대가 되지 못했다.

그런 살문이 물어 올 정보들이었기에 적월의 기대감도 보통이 아니었다.

너무나 많은 내용이었기에 이곳에서 일일이 말해 줄 수 없다 생각했는지 살수가 남은 소면을 입안에 털어 넣고는 허리를 폈다.

적월과 살문 살수의 등이 맞닿았다.

바로 그 순간.

휘익.

살문 살수는 오른손에 들린 종이를 적월의 왼쪽 다리 아래로 밀어 넣었다.

적월을 감시하는 자는 반대편에 있으니 완벽한 사각. 종이를 옮겨 받았음에도 추격자는 전혀 알아차리지 못했다.

그 움직임이 은밀하고 사각이어서 그렇기도 했지만, 상대에 대한 긴장을 반쯤 푼 것이 가장 컸다.

적월은 살수가 전해 준 종이를 조심스레 소매 속으로 넣으며 자리에서 일어났다.

"주인장, 돈은 여기다 올려 두고 가겠소."

자리에서 일어나 자리를 뜨려는 적월의 귓가에 살문 살수의 전음이 다시금 흘러나왔다.

— 아, 그리고 꼭 전해 달라는 말씀이 있으셨습니다.

— 시간 없다. 빨리 말해.

— 오래전부터 유독 사천에서 아이들이 자주 실종되었답니다.

— 그게 다야?

— 예. 그 부분에 대해서도 방금 전에 전해 드린 서찰에 자세히 적어 두었다고 하시긴 했는데 그래도 꼭 언질도 드리라 하셨습니다.

— 참고하지.

마지막 전음을 날린 적월은 이내 다시금 북천의 번화가 안으로 스며들었다.

겨울이라 해가 일찍 떨어진 거리를 적월은 말없이 걸었다.

물론 뒤따랐던 추격자 또한 다시금 기척을 감춘다고 감춘 채 적월의 뒤를 쫓았다.

밤이라 해도 북천의 거리는 무척이나 밝았다.

밝은 불빛을 쏟아 내는 등불이 사방에 걸려 있는 탓이다. 슬슬 돌아갈 생각으로 적월은 철련문이 있는 쪽으로 발걸음을 돌렸다.

철련문으로 향하는 내내 적월의 머릿속에는 많은 생각들이 오갔다.

'아이들의 실종?'

초운학이 다시 한 번 언질을 부탁한 것을 보아하면 무엇인가 수상쩍은 느낌을 받은 게 분명했다. 그렇지 않았다면 굳이 서신에 적어 두고도 다시금 자신에게 언질을 하게 했을 리가 없다.

그 이야기를 듣는 순간 자연스럽게 사천당문이 생각났다.

사천당문 가주의 아들 또한 실종 당시 열한 살밖에 되지 않았다 하지 않았는가.

당철휘, 그리고 실종된 아이들……

이것들이 적월이 찾으려 하는 명객과 어떠한 관련이 있을지 모르겠다.

최악의 경우 완전 헛다리짚고 엄한 부분을 조사하는 것일지도 모른다.

그렇지만…….

'구린내가 나.'

第九章
영생(永生)

역겹구나

적월이 철련문에 온 지도 삼 일이 지났다.

애초에 적월에게 주어진 시간은 나흘이었으니 이제 이곳에서의 시간은 고작 단 하루가 남은 것이다.

첫날 살문 살수를 만나 철련문뿐만이 아니라 수년 동안 사천성에서 일어난 미심쩍은 사건들에 대해 전해 받았다.

하지만 역시나 가장 의심이 가는 것은 어린 아이들의 실종이었다.

초운학이 재차 언급했다는 것만 해도 그랬고, 서류를 살펴본 적월조차 가장 수상쩍게 느껴지는 부분은 바로 그 일들이었다.

첫날밤부터 적월은 철련문 내부를 살폈다.

당연한 이야기겠지만 아이들의 흔적은 물론이거니와, 관련된 어떠한 것도 찾아내지 못했다.

그나마 다행인 점은 바깥에 나갈 때 따라붙었던 자가 철련문 내부에서는 뒤를 쫓지 않는다는 것이다. 적월이라는 존재에 대해 별 신경 쓸 필요가 없다고 판단을 내려서인지, 아니면 철련문 내부에서 캐낼 것이 없다는 생각 때문인지는 모르겠지만 말이다.

삼 일째 아무런 것도 찾지 못하자 적월은 은근히 짜증이 나 있었다.

적월은 짜증이 고스란히 묻어나는 숟가락질로 밥을 퍼 먹었다.

맞은편에서 함께 밥을 먹던 당유민은 그런 적월을 물끄러미 바라봤다.

거의 고개를 파묻다시피 밥을 먹던 적월이 당유민의 시선을 느끼고 고개를 들었다. 그리고 입안에 있는 것을 대충 우물거리고 삼킨 후 불만스럽게 쳐다보며 말했다.

"왜요?"

"아, 아니오."

처음 적월을 봤을 때는 그저 여리고 순해 보이는 사내라 생각했다. 하지만 고작 삼 일을 같이했을 뿐이거늘 당유민의 생각은 많이 변해 있었다.

이자는 결코 자신이 생각했던 인간이 아니었다.

어쩔 때 보면 꽤 난폭했고, 또 은근히 성깔을 부리기도 한다.

바로 지금처럼.

"아, 진짜 감이 안 오네."

자리에서 벌떡 일어난 적월이 중얼거렸다.

삼 일 동안 나름대로 쥐 잡듯 철련문을 뒤져 보았지만 건진 게 아무것도 없다는 사실이 적월을 짜증나게 만들었다.

차라리 아무 생각 없이 철련문을 때려 부수라면 부숴 버리겠다.

이처럼 머리 아픈 일은 질색이다.

살문의 보고서에 따르자면 아이들이 대량으로 실종되기 시작한 것은 얼추 칠 년 전쯤이란다. 그 이야기를 듣고 가장 먼저 조사한 것은 철련문 문주 등자평과 그 일이 어떤 연관성이 있는가였다.

하지만 아쉽게도 등자평이 문주 자리에 오른 건 십삼 년 전. 아이들이 실종되기 시작한 때보다 훨씬 빠르다.

그랬기에 적월은 우선 칠 년이라는 단서를 가지고 조사를 시작했다.

칠 년 전에 철련문에서 있었던 일을 시작으로 해서, 사천에서 있었던 일들까지.

하지만 그 모든 것을 찾아봐도 어린아이들의 실종과 연관

될 법한 일은 전혀 보이지 않는다.

적월은 문을 박차다시피 하고 바깥으로 걸어 나왔다.

오늘이 자신에게 주어지는 마지막 밤이다. 내일이면 이곳 철련문을 떠나야 한다.

시간이 얼마 남지 않았다.

방에서 벗어난 적월은 다시 한 번 철련문을 돌며 무엇인가 단서가 될 만한 것을 찾아보려 했다. 하지만 이미 한 번쯤은 뒤져 본 곳들, 색다른 무엇인가를 찾을 리 만무했다.

이미 시간은 늦은 밤.

적월은 잠시 길목에 앉아 머리를 쥐어짜고 있었다.

솔직히 말해 찾아볼 곳은 다 찾아봤다 해도 과언이 아니다.

아무리 뒤져 봐도 이 철련문 내부에서는 명객에 대한 단서도, 또 사라진 아이들에 관한 뭔가도 알아내기가 어려웠다.

'바깥에서부터 뭔가 천천히 조사를 해 봐야 하나.'

앞으로의 일로 깊은 고민에 빠져 있을 때였다.

덜커덩.

수레 소리가 상념에 잠겨 있던 적월의 정신을 깨웠다. 적월의 시선은 멀리서 노인이 끌고 오는 수레에 가서 박혔다.

노인이 소가 끄는 수레와 함께 어딘가로 향하고 있었다.

철련문의 무인이 아니다.

거의 등이 굽다시피 나이를 먹은 노인은 수레를 끌고 어딘가로 향하고 있었다. 노인이 점점 가까워 옴에 따라 적월의 후각을 통해 꽃향기가 잔잔하게 퍼지기 시작했다.

'시간이 늦었는데……'

저녁 식사를 하고 한참이나 철련문 내부를 돌아다녔다. 못해도 자시 가량은 되었을 법한 시간이다. 그런데 이런 시간에 수레를 끄는 외부인의 출입이라니 뭔가 수상한 느낌을 풍겼다.

적월이 자리에서 일어나 노인에게 다가갔다.

힘겹게 수레를 끌며 다가오는 노인을 향해 다가간 적월이 말을 걸었다.

"노인장, 하나만 물어도 되겠습니까."

"어이쿠!"

적월이 말을 걸자 노인은 소스라치게 놀랐다.

갑자기 나타난 것도 아닌데도 불구하고 놀라는 노인의 모습이 선뜻 이해가 가지 않았다. 하지만 그런 적월의 의문은 곧 풀렸다.

노인이 고개를 숙이며 말했다.

"아이고, 죄송합니다. 제가 원체 눈이 안 좋은데 밤눈은 더 어두운지라……"

"저 때문에 괜히 놀라신 듯하군요."

노인은 놀란 가슴을 어루만지며 대답했다.

"괜찮습니다요. 그나저나 물어보실 일이라는 게 무엇인지요.”

“궁금해서 그러는데 지금 이 수레에 뭐가 들은 겁니까? 뭔가 향기가 나는 것 같은데요?”

“향료랑 꽃잎들입니다요.”

“아, 철련문 문주님의 처소로 가는 물건이로군요.”

“그렇습니다.”

너무나 지독해 머리까지 아프게 했던 향기가 잠시 떠올랐다가 사라졌다.

적월은 이내 알겠다는 듯이 고개를 끄덕이고는 옆으로 비켜섰다.

노인이 다시금 수레를 끌고 걷기 시작했고 적월은 그 뒷모습을 보며 고개를 절레절레 저었다.

얼마나 양이 많으면 저토록 수레에 싣고 다닌단 말인가. 아무리 꾸미는 것이 좋다지만 이 정도 수준이면 이미 광적인 것에 가깝다.

향이라는 건 은은해야 하는 것이거늘 그렇게 과하게 하는 이유를 도통 모르겠다.

자신과 관계없는 일이기에 관심을 끊고 몸을 돌리던 적월이 반대편으로 몇 걸음 옮기다가 갑자기 멈추어 섰다.

무엇인가 이상하다.

싸구려 기방보다 몇 십 배 이상 지독한 향기.

상식적으로 이해가 되지 않는다.

단지 취향이라 생각했지만 문득 생각해 보니 그렇게만 치부할 수준이 아니다. 방 안이 온통 꽃 냄새가 나는 정도라면 괜찮다.

다소 심하다고 생각할 순 있지만 그 정도라면 취향이라 할 수도 있다.

한데 그 정도가 아니다.

방 안 뿐만이 아니라 주변까지 향기가 진동해서 두통까지 치밀게 할 정도라면 대체 얼마나 많은 양이 쓰인단 말인가?

그것이 취향일까? 아니면…… 그래야 하는 이유가 있는 것일까?

적월이 황급히 몸을 돌려 노인에게로 다시금 달려갔다. 거리가 얼마 떨어지지 않았기에 적월은 멀어져 가던 노인을 금세 붙잡을 수 있었다.

"하나만 더 물어봅시다."

"아, 그러시지요."

"노인장께서는 철련문에 얼마 간격으로 이것들을 배달하시는 겁니까?"

"향료랑 꽃잎들 말씀하시는 것인지요?"

적월은 고개를 끄덕였다.

상식적으로 봤을 때 이 정도의 양이라면 커다란 기방이라고 해도 반 년 이상을 쓸 정도다.

노인이 대답했다.

"오 일에 한 벌 꼴로 옵니다."

"오 일이라고요? 매번 이렇게 많은 양을 가지고 말입니까?"

"그렇습니다."

"제가 잘못 아는 게 아니라면 이 정도 양이면 보통이 아닌 걸로 아는데…… 아닙니까?"

"물론 그렇지요. 보통 이 정도면 몇 년은 쓰고도 남겠지요."

조그마한 의심이 들었기에 물었던 것이다. 그런데 노인의 대답을 듣는 순간 그 조그맣던 의심이 커지기 시작했다.

수상했다. 방 안에서 풍기던 향기가 그냥 취향 때문이 아니라는 확신이 들어서다.

적월은 됐다는 듯이 고개를 끄덕였다.

"감사합니다."

말을 마친 적월은 뒤돌아서 걷기 시작했다. 노인도 잠시 적월을 바라보다가 이내 몸을 돌리고 앞으로 나아갔다.

뒤편으로 걸어가던 적월이 발걸음을 멈춘 것은 얼마 지나지 않아서였다.

적월의 몸이 어느새 노인의 뒤를 쫓고 있었다.

노인은 소의 고삐를 쥔 채로 등자평의 거처로 향하고 있었다. 그리고 이내 등자평의 거처에 도착한 노인은 익숙하게 수레에 실고 온 물건들을 내렸다.

문을 지키는 수문위사들 또한 그것이 전혀 어색하지 않은 지 내린 짐을 안쪽으로 옮겼다.

적월은 그들이 짐을 옮기는 것을 멀리 떨어진 담장 위에서 몰래 훔쳐보았다. 아직까지는 별반 수상한 점이 보이지 않는다.

하지만 적월의 시선은 등자평의 거처에서 떨어지지 않았다.

몸을 감추고 있은 지 일각 가량이 흐르자 모든 짐 정리를 끝낸 노인이 이곳을 떠났다.

그리고 짐을 넣은 수문위사들도 다시금 자신의 자리에 가서 섰다.

적월은 담벼락에 숨은 채로 잠시 고민에 빠졌다.

'어떻게 할까.'

안으로 들어가려면 저들을 지나가야 한다.

짐을 옮기는 와중에서도 반드시 두 명 이상은 입구를 지켰다.

소란을 일으켜 저들을 유인하고 몰래 잠입하는 것은 불가능하다.

한마디로 정면으로 치고 들어가야 한다는 것인데…….

저들을 쓰러트리는 건 그리 어렵지 않다. 다만 이번에 그 같은 일을 벌인다면 추후에 다시금 잠입하는 것은 더욱 어려워질 것이다.

과연 그런 상황을 감수하면서까지 도박을 할 가치가 있는가.

고민은 찰나였다.

적월이 웅크리고 있던 몸을 일으켜 세웠다.

'간다.'

어떻게 할지 고민하고 있는 것은 성격에 맞지 않는다. 적월
자신의 생각이 착각이라면 차라리 당장에 두 눈으로 확인하
고 털어 버리겠다.

적월이 담장을 타고 위쪽으로 이동했다.

거리가 제법 되었지만 적월은 단번에 등자평의 거처에 도달
했다. 지붕 위쪽에 선 적월이 천천히 아래쪽을 바라봤다.

문을 지키는 자들의 숫자는 넷. 그리고 왔다 갔다 하면서
주변을 경계하는 자가 둘이다.

우선은 왕복하는 자들부터 소리 없이 끝낸다.

적월은 위쪽에 몸을 감춘 채로 목표가 이쪽으로 다가오기
를 기다렸다. 바짝 엎드린 적월의 눈이 다가오는 무인에게로
향했다.

적월은 목표한 자가 자신의 아래를 막 지나가는 순간 움
직였다.

뒤편으로 떨어져 내린 적월은 상대가 채 고개도 돌리기 전
에 모든 걸 끝냈다.

팍.

혈도를 짚어 단번에 상대를 제압한 적월은 그자를 다급히

수풀 속으로 눕혔다. 그자를 처리하고 올 때쯤 다음 목표했던 자가 지나가고 있었다.

적월이 망설이지 않고 달려들었다.

족히 오 장은 될 법했지만 그 거리를 좁히는 것은 찰나에 불과했다. 적월은 그자 또한 간단하게 혈도를 점해 버렸다.

순식간에 두 명을 제압한 적월은 담장을 타고 조용히 움직였다.

남은 것은 정문을 지키는 네 명의 무인들이다.

네 명을 제압하는 것도 중요하지만, 아무런 소란도 일어나서는 안 된다.

이곳은 철련문 내부다. 상대가 고함이라도 치면 이 모든 계획이 수포로 돌아간다. 단 번에 네 명을 제압한다.

지붕 위에서 뚝 떨어져 내리며 적월이 빠르게 손을 움직였다.

손가락 끝에서 내력이 실린 지력이 터져 나갔다. 그리고 지력은 무인들이 채 반응도 하기 전에 그들을 덮쳤다.

지력은 정확하게 네 명의 무인들의 혈도를 두드렸고, 약속이라도 한 듯이 그들은 동시에 바닥으로 쓰러졌다.

바닥에 착지한 적월은 황급히 등자평의 거처를 막고 있는 문을 열어젖혔다. 그리고는 안쪽으로 네 명의 수문위사들을 밀어 넣었다.

적월은 일사천리로 일을 진행시켰다.

'시간이 그리 많지 않아.'

수문위사들을 제압해서 쉽사리 들어오긴 했지만 그렇다고
해서 여유가 있는 것은 아니다. 분명 교대하는 자들도 있을
것이고, 또 주변을 지나다가 문주의 거처를 지키는 자가 없음
을 수상하게 여기는 이가 있을 수도 있다.

주어진 시간이 많지 않기에 적월은 빠르게 움직였다.

이미 와 본 적이 있는 곳이었기에 이곳의 지리는 머릿속에
그려져 있었다.

적월은 빠르면서도 은밀하게 문주 등자평의 방으로 움직
였다.

입구에서 그리 멀지 않은 곳에 있었기에 단숨에 등자평의
방문까지 도달한 적월이 몸을 낮추고 주변을 두리번거렸다.

문을 열고 들어가면 바로 상대방에게 들통이 날 수 있다.
그랬기에 어딘가 안을 살필 만한 창문이 없나 찾아보고 있는
것이었다.

그리고 그리 멀지 않은 곳에 안과 연결된 창문이 눈에 들어
왔다.

적월은 기척을 죽인 채로 천천히 움직였다.

방 안에 들어선 것도 아니고 그저 근방에 도달한 것뿐인데
도 불구하고 전에 느꼈던 향기가 지독하게 밀려온다. 그리고
그 향기는 창가 근처에 이르자 더더욱 심해졌다.

적월은 천천히 창가에 기대어 선 채로 손을 뻗어 창문을 서

서히 열기 시작했다.

이내 열린 창문을 통해 방 안의 모습이 조금씩 눈 안에 들어왔다.

적월은 창문에 바짝 다가간 채로 안의 모습을 살폈다.

불이 모두 꺼져 있어 방 안은 한 치 앞도 분간하기 힘들 정도로 어두웠지만 안력을 돋운 적월에게는 모든 것이 뚜렷하게 들어왔다.

안에서는 특별한 그 무엇인가도 보이지 않았다.

적월의 눈이 등자평을 찾았다. 늦은 밤이지만 그는 침상에 있지 않았다. 그리고 적월의 눈은 이내 등자평을 발견했다.

방구석에 있는 욕조에 몸을 담그고 있는 등자평의 모습은 평온했다.

'젠장, 아이들이 있을 거라 생각했는데 아니었나?'

지독한 향기로 지우려고 한 것을 적월은 아이들의 피 냄새일지도 모른다고 추측했다. 그랬기에 등자평의 거처에 아이들의 시신이 있을지도 모른다고 생각하고 찾아온 것이다.

적어도 이곳 철련문 내에서 그 같은 일을 조용히 벌일 만한 자는 절대 권력을 쥔 등자평밖에 없을 거라 판단했으니까.

하지만 그런 적월의 생각은 빗나갔다.

등장평은 그저 욕조에 들어간 채로 편안한 휴식을 취하고 있을 뿐이다.

적월은 슬쩍 창문을 닫기 시작했다.

생각이 너무 과했던 모양이다.

종종 어린아이만을 골라 죽이는 미치광이들이 있던 것이 생각나 의심했지만 그건 아니었던 듯하다.

그렇게 적월이 창문을 거의 다 닫았을 무렵이었다.

창문을 닫아 가던 적월의 손이 멈췄다.

적월의 표정이 딱딱하게 굳었다. 코끝을 스쳐 지나가는 한 줄기의 피 냄새를 맡았기 때문이다.

'이건……!'

분명하다.

수없는 싸움을 경험하며 살아온 적월이 피 냄새를 잘못 맡았을 리가 없다. 창문을 닫기 위해 잡아당기면서 안쪽에 있던 공기가 바깥으로 밀려났다.

안쪽의 공기가 한 번에 훅 하고 빠져 나온 덕분에 그 진한 꽃향기 속에 감추어진 미세한 피 냄새를 맡을 수 있었다.

적월은 믿을 수 없다는 듯이 다시금 창문을 열었다.

방 안에는 분명 시체가 없었다.

그것을 적월 자신의 눈으로 똑똑히 확인하지 않았겠는가.

창문을 연 적월이 안을 다시 한 번 살폈다.

하지만 재차 확인해 봐도 시체로 의심될 만한 것은 보이지 않는다.

보이는 것은 그저 콧노래를 흥얼거리는 등자평뿐.

등자평을 바라보던 적월의 눈동자가 흔들렸다.

방안에서 시체를 감출 만한 곳만 살폈다.

그것이 실수였다. 애초부터 이 방 안에는 시체가 없었다. 그러니 열심히 시체를 찾으려 해도 찾을 수 없을 수밖에.

향기로 감추려 했던 것이 무엇인가.

바로 피가 아니었던가.

찾아야 할 것은 시체가 아니었다.

시체를 숨길 곳은 없다. 하지만…… 피를 담을 만한 통은 하나 있다.

욕조 안에 있는 등자평을 바라보던 적월이 부들부들 떨기 시작했다. 무슨 일이 벌어졌는지 단번에 알아차린 것이다.

창문이 한 번 크게 열렸다가 닫히는 바로 그 순간 적월의 몸은 어느새 방 안에 들어서 있었다. 이제는 들키고 말고의 문제를 떠나 자신의 예상이 맞나 확인하고자 하는 생각뿐이었다.

그리고 방 안으로 들어서는 바로 그 순간부터 피 냄새가 짙어졌다. 그 피 냄새는 등자평이 몸을 담그고 있는 바로 그 나무로 된 욕조에서 비롯됐다.

다시 환생했다 하지만 적월은 마인이다.

성격 자체도 정이 아닌 사에 속하고, 바른 길이 아니면 가지 않는다는 둥의 꿈같은 소리를 지껄이는 취미도 없다.

다만 정사를 떠나 인간이라면 반드시 지켜야 할 것이 있다.

아무리 마교의 무인들이 포악하다 할지라도 눈앞에 이 장면을 본다면 분개하지 않을 이가 없을 거라 자신할 수 있었다.

어찌 인간이 핏물에 몸을 담그고 있을 수 있단 말인가. 그것도 저 피의 정체가 아무것도 모르는 어린아이들의 것이라면…… 결코 용서할 수 없다.

아직까지 적월의 등장을 알아차리지 못한 등자평이 여전히 핏물에 몸을 담그고 콧노래를 부르고 있을 때였다.

창가에 선 적월이 차갑게 변한 얼굴로 입을 열었다.

"웃음이 나오더냐."

적월의 목소리에 눈을 감은 채로 욕조에 몸을 담그고 있던 등자평이 움찔했다.

번쩍 눈을 뜬 등자평의 시선에 분노한 적월의 모습이 들어왔다.

적월을 발견한 등자평의 눈이 잠깐 크게 떠졌다.

하지만 이내 등자평은 놀랐던 감정을 추슬렀다.

여전히 욕조에서 미동도 하지 않고 앉아 있는 등자평이 입을 열었다.

"이게 누구신가. 무림맹의 감찰사께서 이 늦은 밤에 내 처소에 어인 일이시오. 아! 무림맹의 감찰사가 아니라 사천당문에서 고용한 개였지, 참."

등자평이 욕조 안에서 일어났다.

촤아악.

피들이 방울지며 몸을 타고 떨어져 내린다.

동시에 진한 피 냄새가 사방으로 퍼져 나갔다. 자리에서 일어난 등자평은 탁자 위에 있던 겉옷으로 몸을 가리며 말했다.

"왜? 정체가 들키니 놀라운가? 머저리 같은 놈. 무림맹에서 온 자가 아닌 건 처음부터 알고 있었다. 그 정도 정보도 없을 줄 알았더냐."

"시끄럽고. 저 피가 아이들의 피가 맞더냐?"

"호오, 거기까지 알아내다니 생각보다 머리가 좋은 모양이야."

등자평의 모습에서는 일말의 죄책감조차 느껴지지 않았다.

허기야 애초부터 그런 걸 느낄 자였다면 이런 미친 짓을 벌이지도 않았을 게다.

"궁금하겠지. 왜 내가 어린아이의 피로 목욕을 하는지."

뚝뚝 피가 떨어지는 몸으로 등자평은 탁자로 다가가 잔에 담긴 물을 들이마셨다.

그가 적월을 바라보며 말했다.

"영생이다."

"뭐?"

"영원한 삶 말이다. 어린아이의 피는 그걸 가능하게 해 주거든."

"미친 새끼. 완전히 돌았구나."

적월은 어처구니가 없다는 표정을 지어 보였다.

이 무슨 말도 안 되는 소리인가. 어린아이의 피가 대체 영생과 무슨 관련이 있다는 건지 모르겠다. 그저 광인의 헛소리일 뿐이다.

하지만 등자평은 오히려 적월을 향해 고개를 저으며 말했다.

"믿기 어렵겠지만 사실이야. 나는 직접 봤거든. 어린아이의 피 덕분에 늙지 않는 사람을."

말을 하는 등자평의 얼굴엔 확신이 서렸다.

두 눈에서는 미칠 듯이 생기가 넘친다. 말을 하면 할수록 목소리도 커지고 동작도 커진다.

적월은 등자평을 말없이 바라봤다.

마치 실성한 듯이 당시에 본 것에 대해서 마구 떠들어 댄다.

전혀 상관이 없는 자신에게 말이다.

하지만 가장 중요한 말은 이미 알아들었기에 그 뒤에 것들은 전혀 상관없었다.

늙지 않는 사람이라는 말을 듣는 순간 적월은 마침내 자신이 원하던 명객의 꼬리를 잡았다는 걸 알아차렸다.

적월이 입을 열었다.

"명객을 만났구나. 그 늙지 않는다는 자가 어디에 있지?"

"흐흐. 왜? 네놈도 영생을 원하더냐."

적월은 피식 웃었다.

같잖다는 듯이 등자평을 바라보며 적월이 말했다.

"곧 죽을 새끼가 영생은……."

"죽어? 내가 왜? 설마 네놈이 날 죽이겠다는 헛소리를 지껄이려는 건 아니겠지?"

말을 하며 등자평이 옆에 있는 검을 들어 올렸다.

그 모습에 적월 또한 등 뒤에 차고 있던 요란도를 뽑아 들었다.

애초부터 용서할 생각은 눈곱만큼도 없었다.

적월이 요란도를 뽑은 채로 말했다.

"죽기 전엔 말해 줘야 된다."

"죽는 건 너다!"

고함과 함께 등자평이 달려들었다.

처음엔 주먹이 날아드는 듯했다. 하지만 그것은 눈속임에 불과했고, 실제로 적월을 노리는 것은 그 뒤에서 날아드는 등자평의 검이었다.

적월은 주먹을 가볍게 피하며 바로 뒤따르는 등자평의 검을 쳐 냈다. 그러자 바로 열두 개의 검기가 적월을 노리고 날아들었다.

콰앙!

어마어마한 소리와 함께 벽 한편이 무너져 내렸다. 하지만 막상 검기가 노렸던 적월은 멀쩡했다.

바로 그 때 검기를 날렸던 등자평이 부서진 벽을 통해 바깥으로 뛰어나갔다.

적월은 바로 등자평의 뒤를 쫓았다.

등자평은 절정고수다. 검강과 검기를 구사할 수 있는 수준의 무인과 저토록 좁을 곳에서 싸울 생각은 애초부터 없었다.

물론 이곳이 철련문이라는 것이 문제긴 했지만 적월에게 그것은 그리 중요하지 않았다.

등자평은 거처를 벗어나자마자 몸을 돌렸다.

파악.

거리를 좁히고 들어오며 그가 검을 내질렀다.

적월의 요란도도 지지 않겠다는 듯이 정면으로 날아들었다.

카앙!

단 한 합을 겨뤘을 뿐이거늘 등자평은 상대가 만만치 않음을 알아차렸다.

"사천당문의 개 주제에 제법이구나!"

"시끄러워."

적월이 날아올랐다.

허공으로 치솟은 적월이 요란도를 휘둘렀다.

내공이 폭발하듯이 요란도를 감싼다.

기다렸다는 듯이 요란도에서 쏟아진 새하얀 도기(刀氣)가 요동쳤다.

콰아앙!

사방으로 쏟아져 내리는 도기는 흡사 유성우를 떠오르게

했다.

그 일격에 등자평의 안색이 바뀌었다.

보통 무인이었다면 이 일격으로 간단하게 끝났을 것이다. 하지만 등자평 또한 절정의 고수, 내력을 모은 주먹을 휘둘렀다.

퍼엉!

도기가 공중에서 폭발했다.

하지만 그 충격의 여파로 등자평은 뒤로 물러나야만 했다.

등자평은 오른손의 팔뚝을 어루만졌다.

내공과 내공의 대결이었다.

그런데 밀린 것은 우습게도 자신이었다. 고작 약관밖에 되지 않은 이런 놈에게 내공으로 밀렸다는 게 믿어지지가 않는다.

등자평이 떨떠름한 표정으로 입을 열었다.

"너 누구야?"

적월은 대답하지 않았다.

파앙!

단 한 번의 베기.

적월의 도가 한 번 움직이는 바로 그 순간 해일과도 같은 크기의 내력이 쏟아졌다.

"미친⋯⋯."

등자평은 더는 말을 할 여유조차 없었다.

처음엔 정면으로 받아 내려 했던 그였지만 그 크기가 도저히 감조차 오지 않는다.

등자평은 황급히 옆으로 몸을 날렸고 다행히 공격은 피해낼 수 있었다.

하지만 바로 그 뒤에 등자평은 놀란 자신의 감정을 추슬러야만 했다.

스쳐 지나간 그 힘이 뒤편에 있는 담장과 건물을 가루로 만들어 버리는 것을 봐야만 했으니까.

"......"

아무런 말도 할 수 없었다.

자신이 내공에서 밀렸다는 사실에 분개하던 것은 이미 기억에서 사라졌다.

놀라 멍하니 서 있는 등자평을 향해 적월이 태연히 입을 열었다.

"왜 그래? 이제 시작인데."

第十章
이란격석
(以卵撃石)

싸움은
머릿수로 하는 게 아니지

커다란 폭발음이 철련문을 뒤흔들었다.

그런 소란에 사람들이 몰려드는 것은 당연했다. 철련문 무인들은 제각기 병기를 들고 커다란 소리가 터져 나온 곳으로 달려왔다.

그리고 그곳에는 문주인 등자평과 적월이 마주하고 서 있었다.

막 적월의 기에 눌렸던 등자평으로서는 수하들의 등장이 무척이나 반가울 수밖에 없었다. 하나둘씩 달려오는 수하들을 보며 등자평은 속으로 안도의 한숨을 내쉬었다.

다른 곳에서 싸웠다면 모르겠지만 놈은 장소를 잘못 골랐다.

이곳이 어디인가?

바로 자신의 거점인 철련문이다.

이곳에 있는 쓸 만한 무인만 해도 삼백이 넘는다. 아무리
제깟 놈이 날고 긴다 해도 이곳에서만큼은 자신의 적수가 되
지 못한다.

순식간에 모여든 수하의 수가 백 이상!

등자평이 눌렸던 기를 펴며 소리쳤다.

"감히 철련문을 건드리다니! 몸 성히 나갈 생각은 버려라,
이놈!"

적월은 자신에게 버럭 소리치는 등자평을 바라보며 비웃음
을 흘렸다.

방금 전까지는 놀라서 굳었던 놈이 이제 와서 왜 이러는지
너무나 잘 알기 때문이다.

"갑자기 기세등등하네. 뒤쪽에 수하들 때문인가 봐?"

"멍청한 놈. 철련문 내에서 네놈이 아무리 발버둥 쳐 봤자
살아 나가지 못한다. 이곳에서 싸움을 건 네놈의 어리석음을
탓해라."

말을 마친 등자평이 손을 들어 올렸다.

그의 수신호에 주변에 있던 철련문의 무인들은 적월을 에
워싸기 시작했다.

빠져나가려면 이들이 완벽하게 자리를 잡기 전에 움직여야

한다.

하지만 적월은 전혀 그런 움직임을 보이지 않았다.

애초부터 빠져나갈 생각도 없다.

얼추 보이는 숫자가 백 명. 최대치로 치자면 삼백 이상의 철련문 무인이 이곳에 나타날 것이다. 그런 사실을 잘 알지만 애초부터 이런 상황을 예상했고, 오히려 기다리기도 했다.

만약 철련문 내에 명객이 있다면 지금 이곳에 나타날 테니까 말이다.

몰려든 수백의 철련문 무인들의 눈동자가 온통 적월에게로 향했다. 수백의 무인들의 몸에서 흉흉한 살기가 뿜어져 나온다.

어마어마한 압박감이 밀려든다.

무공에 어느 정도 자신 있는 자라도 이처럼 많은 이들의 목표가 된다면 절로 몸이 굳어 버리기 마련이다.

수많은 눈동자, 그리고 살기가 오로지 자신에게만 몰려든다.

버텨 낸다?

불가능하다.

그렇지만 오히려 적월은 그 시선을 즐겼다.

수많은 자들이 몰려든 지금의 상황이 무척이나 재미있고 유쾌하다.

적월이 요란도를 든 채로 모두가 들으라는 듯 내공을 실어 입을 열었다.

"미리 기회를 준다. 살고 싶으면 지금 도망쳐. 이곳에 남아 있으면 모두 죽는다."

막대한 내공이 실린 목소리가 철련문을 쩌렁쩌렁 울렸다. 그 목소리는 흡사 바로 옆에서 소리치는 것처럼 커다랗게 모두의 귀에 틀어박혔다.

그 한 번의 외침만으로 철련문 무인들의 표정이 변해 버렸다.

상대가 결코 만만치 않다는 것을 직감적으로 느꼈기 때문이다.

하지만 아직 단 한 명도 물러나는 이는 없었다.

당연하다.

삼백 대 일의 싸움이다.

그 누가 겁을 먹고 도망치겠는가.

하지만 적월은 알고 있다.

반수 이상이 쓰러지는 그 순간 참아 왔던 공포는 터져 버린 둑에서 쏟아져 내리는 물줄기처럼 쏟아져 나올 거라는 걸.

'역시 말로는 안 되는군.'

적월은 요란도를 들어 올렸다.

어느새 목표였던 등자평은 적월을 포위하고 있는 수하들 사이에 섞였다.

적월의 힘을 정면으로 보았으니 슬쩍 겁을 먹은 게 분명하다.

수하들로 힘을 빼다가 기회가 나면 그때야 제대로 덤벼들 것이라는 걸 적월은 알고 있었다.

적월이 입을 열었다.

"오너라."

이미 거리는 좁혀질 만큼 좁혀졌다.

철련문 무인들이 동시에 적월에게 달려들었다.

수백 명의 무인들 중 먼저 적월에게 도달한 것은 삼십 명에 가까운 철련문 일류 무사들이었다.

철련문은 검파다.

도법도, 곤법도 있지만 그리 뛰어나지 않다. 철련문이 자랑하는 건 검법과 장법, 이 두 가지다. 예상대로 삼십 명에 달하는 철련문 무인들은 한결같이 검을 휘두르고 달려들었다.

적월은 날아드는 검을 향해 요란도를 휘둘렀다.

삼십 명이 휘두르는 검, 하지만 그들이 제각기 다른 방향의 검로를 타고 움직인다.

파라랑!

적월의 도에서 아지랑이 같은 기운이 퍼져 나간다. 그것은 하나의 날카로운 칼날이 되어 날아드는 검들을 막아 갔다.

채채챙!

사방에서 울려 퍼지는 쇳소리.

동시에 적월의 몸 주변에서 하얀 빛무리가 감돌기 시작했다. 적월의 손 위로 커다란 구슬 같은 힘이 모여들기 시작했다. 그 구슬은 이내 폭발하듯이 빛을 토해 낸다.

"천마만겁혈광파(天魔萬劫血光破)!"

온몸이 진동한다.

하지만 흔들리는 건 적월의 몸뿐만이 아니다. 강기 그 자체가 철련문을 뒤흔든다.

적월의 몸에서 시작된 빛무리가 사방으로 쏟아져 나간다.

콰앙!

천하가 흔들렸다.

어마어마한 폭음과 함께 사방에 먼지바람이 휘날렸다. 얼마나 큰 위력이었으면 주변으로 바람까지 휘몰아친다.

그리고 먼지가 가라앉으며 드러낸 주변의 모습은 처참하기까지 했다.

응축된 힘이 오 장 안의 모든 것을 초토화시켜 버렸다. 다가왔던 무인들조차도 모두 땅에 쓰러진 채로 미동도 않는다.

단 일격에 나자빠진 무인의 수가 오십.

그 안에 서 있는 건 적월이 유일했다.

자리에 꼿꼿이 선 채로 적월이 주변을 쓰윽 둘러봤다.

적월의 시선이 선두에 서 있는 철련문 무인들의 모습을 살핀다. 적월과 눈이 마주치는 무인들은 자신도 모르게 뒷걸음질 쳤다.

자신에게 겁을 집어먹은 그 모습을 본 적월은 기분이 좋았다.

오랜만에 내공을 맘껏 쏟아 내며 무공을 펼치니 몸도 개운해지는 것만 같다.

겁을 먹은 철련문 무인들을 보며 등자평이 다급하게 소리쳤다.

"멍청하게 뭣들 하는 거냐! 상대는 고작 하나다!"

등자평의 외침에 겁을 먹었던 철련문 무인들은 애써 정신을 차렸다.

그의 말대로 상대는 하나다.

물론 이 무지막지한 힘을 어떻게 막아야 할지 감이 오지는 않지만 물러서기에는 무인의 자존심이 용납지 않는다.

도망치지는 않지만 그 누구도 선뜻 앞으로 나서지 못한다.

하지만 그건 당연한 일이었다. 이만한 파괴력을 지닌 무공을 쏟아 내는 자를 상대로 선두에 선다면 그야말로 개죽음이다.

그 모습에 등자평은 입술을 깨물었다.

가능하면 적월의 힘을 빼고 사냥하듯이 죽이고 싶었지만 그건 무리다.

이 정도로 큰 힘을 쏟아 내는 자에게 계속해서 수하들을 죽게 할 수는 없다.

수하들을 아껴서가 아니다.

수하들이 죽으면 자신을 지켜 줄 방패막이들이 줄어든다

는 걸 의미해서다.

"이익! 내가 선두에 선다!"

등자평이 수하들 사이에서 걸어 나오며 외치자 사방에서 환호성이 터져 나왔다. 비록 속내가 어떻든 간에 겉보기에는 수하들을 위해 나서는 수장의 용감한 모습으로 비쳤기 때문이다.

등자평이 검을 든 채로 적월을 살폈다.

분명 놈의 무공은 엄청난 파괴력을 자랑한다. 하지만 그렇다고 해서 무적은 아니다.

파괴력이 크다는 것은 그만큼 내공의 소모도 어마어마하다는 걸 잘 알고 있기 때문이다.

이 싸움을 이기기 위해서는 상대의 내공을 모두 고갈시키는 장기전으로 가야 한다.

등자평의 생각은 어느 정도 맞았다.

물론 적월의 내공이 그가 생각하는 것보다 훨씬 크다는 치명적인 오류가 있긴 했지만, 방금 사용한 천마신공은 큰 내공의 소모가 뒤따른다.

천마신공은 교주만이 익힐 수 있는 마교의 뿌리 깊은 무공이다.

그 파괴력은 가히 경천동지라는 말로밖에 표현할 수 없다. 그리고 그만큼 내공이 뒷받침하지 못하면 사용할 수 없기도 하다.

그러나 아쉽게도 아직까지 적월의 내공은 충만한 상태였다. 겨우 이 정도 썼다고 해서 티조차 나지 않을 정도로 말이다.

하지만 등자평이 앞으로 나선 선택은 좋았다.

적월은 등자평에게서 명객에 대한 것을 알아내야 했다. 그랬기에 그런 커다란 무공으로 당장 목숨을 취하는 일은 없었다.

등자평을 바라보며 적월이 말했다.

"명객이 있는 곳을 말하면 편안히 보내 줄게. 서로 귀찮게 하지 말자."

"닥쳐! 그 사람을 명객이라 부르는 모양인데 네깟 놈이 어찌할 만한 자가 아니다."

"큭큭, 뭐야? 명객이라는 호칭도 몰랐던 거냐. 허기야 아까 말하는 걸 보아하니 명객이 어떤 존재인지도 잘 모르는 것 같더니만…… 이거 잔챙이잖아? 그자는 널 별로 대단케 생각 안 했던 모양이다. 그런 영생 같은 거짓말로 현혹이나 시키고 말이야."

"헛소리 마라!"

등자평이 버럭 소리를 질렀다.

적월은 그런 등자평의 모습에 피식 웃었다.

왜 저런 자를 이용했는지는 모르겠다. 하지만 분명한 것은 그 명객이라는 작자는 영생이라는 거짓말로 등자평을 현혹했다.

그리고 그로 인해 분명 자신도 무엇인가 이득을 취했을 게 분명하다.

적월은 주변을 휘 둘러봤다.

아직 무엇인가 보이지 않는다.

'나타날 생각이 아직 없나?'

이 정도 소란으로는 아직 꿈쩍도 할 생각이 없는 모양이다.

요란도의 도신에서 보랏빛 광채가 흘러나오는 듯싶더니, 이내 검기로 변해 도를 감싸 안았다.

적월이 먼저 선두에 서 있는 등자평을 향해 달려들었다.

적월에 맞서는 등자평 또한 검을 강하게 쥐었다.

보통 상대가 아니다.

지금으로서는 상대의 실력을 알아보거나 할 여력 따위는 전혀 없다.

'전력으로 간다.'

등자평은 바로 최고의 절기인 연파검법(鉛波劍法)을 펼치기로 마음먹었다.

연파검법은 스물한 개의 초식으로 이루어졌다. 첫 초식부터 마지막 이십일 초까지 펼쳐지는 데 걸리는 시간은 고작 눈 한 번 깜빡할 시간.

믿을 수 없을 정도로 빠른 쾌검이다.

적월의 요란도에 등자평은 검기가 실린 연파검법으로 맞섰다.

너무나 빠른 쾌검에 눈앞이 혼란스러울 지경이다.

적월은 요란도를 들고 날아드는 등자평의 검에 대적했다.

애초부터 등자평의 최고 무공인 연파검법에 대해서는 알아
뒀다.

지극히도 빠른 쾌검, 그에 맞서는 적월이 꺼내어 든 수법은
마찬가지로 극쾌를 자랑하는 도법이었다.

스물하나의 검로, 거기에 검기까지 덧씌워진 연파검법은 그
저 쾌검이라고만 볼 수 없었다.

한 번의 움직임마다 능히 커다란 바위조차 박살 낼 거력이
담겼다.

하지만 그 빠른 움직임은 적월에게 조그마한 생채기조차
낼 수 없었다.

"이이!"

화가 치솟았는지 등자평의 검로가 갑자기 변했다.

갑작스럽게 틀어진 검이 적월의 가슴을 노렸다.

그러나 그보다 빠르게 적월의 도가 날아드는 검을 쳐 냈
다.

검이 밀려나며 순간 등자평의 가슴팍이 드러났다.

적월이 그런 틈을 놓칠 리가 없었다.

적월의 발이 빠르게 비어 있는 공간을 비집고 들어갔다. 내
력이 실린 연환퇴가 등자평의 가슴을 수차례 두드렸다.

퍼펑!

치명타는 아니지만 그 한 번의 공격에 등자평은 뒤로 밀려나 버렸다.

콰드득.

주욱 밀려나가는 몸을 멈추기 위해 등자평은 검을 땅에 박아 넣었다. 간신히 밀려나는 몸을 멈추어 세운 등자평이 그대로 앞으로 달려들었다.

"죽엇!"

커다란 장력이 회오리처럼 휘몰아치며 적월을 덮쳐왔다.

적월 또한 그런 그의 공격을 정면으로 받아쳤다.

두 개의 장력이 허공에서 충돌했다.

잠시간의 적막, 그리고 그 적막이 거짓말이었던 것을 알리기라도 하려는 듯이 뒤늦은 폭발이 일어났다.

콰앙!

머리카락이 휘날리고 옷자락도 미친 듯이 흔들린다.

그 안에서 곧추선 두 명의 눈동자가 서로 얽혔다.

적월은 피식 웃었다.

'제법인데.'

사천에서 손으로 꼽는 고수 중 하나라더니 허언이 아닌 모양이다. 하지만 상황이 어떻게 돌아가는지는 두 사람의 표정만 봐도 알 수 있었다.

웃고 있는 적월과는 다르게 등자평의 안색은 그리 좋지 않았다.

적월이 휘몰아치는 바람을 요란도로 갈라 버렸다.

두 사람간의 거리는 고작 이 장.

적월은 천천히 발걸음을 옮겼다.

시야가 뿌옇게 변한 틈을 타서 양쪽에서 철련문 무인들이 기습해 왔다.

파악!

도약한 그들의 검이 적월을 노리고 날아든다.

바로 그 때 적월이 손을 내뻗었다.

퍼엉!

마치 폭발하듯이 달려들던 자들이 사방으로 튕겨져 나간다.

나자빠지는 수하들을 보며 등자평은 입술을 깨물었다. 서둘러 결단을 내려야만 했다.

더는 수하들의 피해가 있어서는 안 된다.

이 이상 머리 숫자가 줄면 이 싸움은 결코 이길 수 없다.

등자평이 버럭 소리쳤다.

"칠성천라대진(七星天羅大陣)을 펼친다!"

그 명령이 떨어지는 것과 동시에 사방에서 분주하게 움직이던 철련문 무인들이 일사분란하게 자리를 잡아 가기 시작했다.

칠성천라대진은 철련문이 자랑하는 가장 강한 합격진이었

다.

칠성천라대진을 펼치기 위한 최소한의 수는 열 명, 그리고 그 위로 열 명 간격으로 숫자가 늘어난다. 최대로 백 명까지 합공을 펼칠 수 있는 이 진법은 숨 쉴 틈 없이 몰아치는 것으로 유명하다.

칠성천라대진을 연습했던 철련문 무인들이 정확하게 자신들의 자리에 가서 섰다. 그리고 그 외의 자들은 모두 뒤편으로 빠져나갔다.

진법이 준비된 것을 눈으로 확인한 등자평이 크게 소리쳤다.

"개진!"

쿠웅!

백 명의 무인들이 동시에 내딛는 발걸음에 땅이 흔들리는 느낌이다. 강인한 발걸음, 그리고 동시에 쏟아지는 백 개의 검.

등자평이 애써 미소를 지었다.

아무리 대단한 놈이라 해도 칠성천라대진 안에서는 제 실력을 발휘하지 못할 것이다. 그리고 그들과 함께 자신이 함께 공격한다.

등자평은 분명 놈을 죽일 수 있을 것이라 확신했다.

다가오는 철련문 무인들을 보며 적월은 손바닥을 들어 올렸다.

'진법이라.'

피식.

웃음이 흘러나왔다.

오래전 일이 생각난다.

마교 교주 시절 수하들과 함께 개방도들에게 둘러싸인 적이 있었다. 그리고 그들은 자신에게 타구진을 펼쳤었다.

고생하긴 했지만 개방의 타구진에서도 살아 나온 자신이다.

그런 적월 자신에게 이런 진법은 그저 장난에 불과했다.

적월의 손으로 내력이 몰려들었다.

개방에는 강룡십팔장(降龍十八掌)이라는 강기에 버금가는 장법이 있다. 그리고 소림에도 대력금강장(大力金剛掌)이라는 무시무시한 장법이 있다.

지금 적월이 펼치려 하는 장법인 아수라파천장(阿修羅破天掌)은 그 두 가지 장법과 어깨를 견줄 수 있는 장법이다.

공격을 그대로 받기만 해서는 진법에서 벗어날 수 없다. 이 같은 진법을 깨려면 커다란 위력을 지닌 무공으로 부숴 버려야만 한다.

적월은 그러한 사실을 너무나 잘 알았다.

다가오는 칠성천라대진을 향해 적월의 손바닥에 모이기 시작한 장력이 터져 나갔다.

아수라파천장!

퍼엉!

가공할 장력을 막아 내기 위해 무인들이 한곳으로 뭉쳤다. 그들은 내력을 끌어 올리며 적월이 휘두른 장력과 마주했다.

하지만 막아 낼 거라 생각했지만 그것은 착각이었다.

검이 장력과 마주하는 그 순간 그들의 몸이 사방으로 튕겨져 나갔다.

그런 무시무시한 장법을 적월은 연달아 쏟아 냈다.

퍼엉! 펑!

"으악!"

사방으로 철련문 무인들의 비명 소리가 터져 나왔다. 진의 한쪽이 깨어지니 균형이 무너지는 것은 순식간이었다.

너무나 위력적인 장법에 철련문의 최고 진법이라 불리는 칠성천라대진이 무너졌다.

휘둘러지는 적월의 손에 따라 철련문의 무인들이 쓰러져 나갔다.

등자평은 눈으로 보고 있음에도 불구하고 지금의 상황이 쉬이 믿어지지 않았다.

생면부지의 인물이다.

그런 자가 자신의 앞에 당당히 모습을 드러냈을 땐 비웃음을 흘렸다.

무림맹의 인물이 아니라는 건 처음부터 알았다.

그럼에도 놔둔 것은 이 일을 더욱 시끄럽게 만들고 싶지 않아서였다.

괜스레 무림맹의 감찰사라는 신분으로 누군가가 잠입했다고 보고한다면 그것은 정말 현실이 될 공산이 크다.

가짜 감찰사를 쫓아내려다 진짜 무림맹의 사람이 올 거라는 소리다.

굳이 그럴 필요가 없었다.

어차피 놔둔다 해도 알아낼 건 아무것도 없다. 그리고 혹여나 뭔가를 알아낸다 해도 최악의 경우 죽이면 그만이다.

무림맹 감찰사라는 거짓 신분으로 철련문에 들어온 자가 악한 짓을 벌여서 처단했다고 하면 그만이었다.

그랬기에 들켰을 때도 그리 걱정하지 않았다.

문제는 그 상대가 너무나 강하다는 거다.

믿을 수 없을 정도로.

칠성천라대진을 단숨에 부숴버린 적월이 멍하니 서 있는 등자평을 향해 천천히 다가왔다.

그런 적월을 바라보던 등자평은 자신도 모르게 오싹 소름이 돋았다.

으드득.

등자평은 이를 갈았다.

이렇게 죽을 수는 없었다.

영생이라는 꿈을 꿀 정도로 삶에 욕심이 많은 그다. 이런 곳에서 죽고 싶지 않았다.

상대가 엄청나다는 건 안다.

칠성천라대진조차 우습게 깨 버린 괴물이다.

하지만 아직 자신이 진 것도 아니지 않는가. 아직 등자평에게는 수백에 달하는 수하들이 남아 있었다. 그들과 함께 싸운다면 저놈을 죽일 수 있다.

등자평은 몸 안에 있는 내력을 끌어모으기 시작했다.

커다란 기운이 그의 손에 들린 검으로 향한다. 검으로 향한 무형의 기운은 이내 점점 그 크기를 늘려 나갔다.

등자평의 검에 검강이 맺히기 시작했다.

그 모습은 주변을 둘러싸고 있던 철련문 무인들의 용기를 샘솟게 했다.

파치칙.

닿는 그 모든 것을 베어 버리고 없애 버린다는 검강이다.

검강을 구현한 등자평이 소리쳤다.

"자잘하게 덤비지 마라! 놈은 고수다! 한 번에 덮친다!"

등자평의 질타에 철련문 무인들은 다시금 검을 쥐고 적월을 향해 다가갔다.

선두에 선 등자평은 검강이 치솟은 검을 든 채로 적월을 향해 다가가기 시작했다.

'오너라. 뭐든 막아 줄 테니!'

철련문 무인 오십여 명을 한 번에 죽였던 그 무지막지한 일격.

그것을 막아 내려면 오로지 검강밖에 없다.

내공의 소모가 적지 않은 검강을 이렇게 구사하는 이유는 바로 그 때문이다.

적월은 검강을 위시하고 다가오는 등자평을 보면서도 입가에 머문 미소를 지울 수가 없었다.

'그걸로 날 막아 보겠다는 거냐.'

놈의 생각은 단번에 알아차릴 정도로 뻔했다.

자신의 공격을 받아 내고 그 이후에 수하들과 함께 어찌어찌 이겨 보겠다는 심산이 분명하다.

하지만 아쉽게도 저 정도의 검강으로 막아 내기엔 천마신공은 너무나 강력한 무공이었다.

마교에서도 교주만이 볼 수 있고, 또 본다고 해도 재능이 없다면 익힐 수 없는 최강의 무공인 천마신공.

등자평 따위가 짊어지기엔 그 무게가 너무나 무겁다.

적월은 오만한 표정으로 상대를 바라봤다.

'오냐, 원하는 대로 해 주마.'

적월의 몸 주변으로 다시금 빠르게 내공이 몰려들기 시작했다.

요력을 쓴다면 더욱 쉽게 상대를 끝낼 수 있겠지만 일부러 감춰 두고 있다.

명객이라면 자신의 요력에 반응할 것이 분명하다.

도망칠 수도 있고, 아니면 등자평과 협공을 가해 올 수도 있다.

명객이라는 존재에 대한 확신이 없는 지금 철련문과 동시에 상대하는 건 부담이다.

그래서 명객이 나서기 전에 철련문 자체를 완전히 깨 버리려는 거다.

철련문 정도 상대하는 데 무공으로도 충분하다.

아까와는 다르게 적월의 양손으로 새하얀 빛의 조각들이 모여 커다란 구슬로 변해 가기 시작했다.

그런 적월의 모습에 등자평은 입술을 깨물었다.

아까 전 단 한 손으로 만들어 낸 파괴력이 그 정도였거늘 이번에는 그러한 것이 두 개다.

계산대로라면 두 배 이상의 파괴력을 지녔을 것은 자명한 노릇이다.

하지만 피할 수 없다.

'답은 하나다. 반으로 가르는 수밖에.'

두 개를 다 상대하는 건 불가능하다.

자신 쪽으로 날아오는 단 하나의 힘만 반으로 가른다. 물론 다른 하나에 노출된 수하들은 전부 죽겠지만 그건 어쩔 수 없다.

등자평으로서는 하나를 막아 내는 것만 해도 버거웠기 때문이다.

등자평은 더는 압박을 견뎌 내지 못하겠는지 먼저 달려들었다.

콰드득!

"으아아아!"

거대한 고함과 함께 검강이 하늘로 치솟았다. 동시에 적월
의·양손에 뭉쳐진 기운들도 터져 나왔다.

천마신공 천마만겁혈광파!

두 개의 힘이 날아들었다.

등자평은 앞으로 내달리는 반동을 이용해 자신의 손에 들
린 검을 휘둘렀다. 묵직한 힘과 등자평의 검강이 충돌했다.

그 모든 것을 잘라 낸다는 검강!

그럼에도 불구하고 적월의 천마만겁혈광파와 마주한 등자
평의 몸은 앞으로 나아가지 못했다.

"으악!"

예상대로 다른 곳으로 향했던 천마만겁혈광파의 위력에 수
십 명의 무인들이 나뒹굴었다. 어마어마한 파괴력에 땅이 뒤흔
들린다.

자칫하면 균형이 무너질 뻔했지만 등자평은 버텨 냈다. 온
몸의 힘줄들이 당장이라도 살갗을 뚫고 튀어나올 것처럼 도
드라진다.

다리가 후들거리고 전신에 퍼져있는 모든 신경들이 꿈틀거
린다.

그 순간 천마만겁혈광파 안으로 등자평의 검강이 파고들

었다.

등자평의 얼굴에 희열이 맴돌았다.

'벴다!'

하지만 그것은 착각이었다.

검강이 천마만겁혈광파를 벤 것이 아니라 그것이 오히려 등자평의 검을 삼키고 들었던 거다.

검감을 잡아먹던 천마만겁혈광파가 폭발했다.

퍼엉!

엄청난 충격이 그대로 등자평을 뒤덮었다.

검강이 먹혔다는 걸 느끼는 순간 등자평은 내공을 쥐어짜며 순식간에 몸을 지킬 검막을 형성했다.

그 덕분에 죽음은 면했지만, 밀려드는 후폭풍으로 인해 등자평의 몸이 날아갔다.

그뿐만이 아니다. 덮쳐 오는 힘에 의해 등자평의 전신에 수십 개의 상처들이 생겨났다. 동시에 상처들에서 피가 솟아올랐다.

푸슈욱!

사방으로 뿜어져 나가는 피. 등자평이 가까스로 몸을 추스르고 고개를 치켜들었다.

멀리서 자신을 바라보고 있는 적월의 모습이 보인다.

'저 괴물 같은 놈…….'

모르겠다.

도대체 어떻게 하면 이 같이 강한 힘을 지닐 수 있는지 이해가 가지 않는다.

등자평은 황급히 뒤를 돌아봤다.

남아있는 수하들을 확인하기 위해서다.

뒤늦게 도달한 무인들도 있었지만 이미 두 발로 서 있는 수하들의 숫자는 백 명이 조금 넘는 정도다.

반수 이상이 단 두 번의 공격에 모두 쓰러져 버린 것이다.

등자평이 거칠게 숨을 몰아쉬었다.

철련문 무인들과 등자평이 있는 쪽으로 걸어오며 적월이 쓰러져 있는 자들을 바라봤다.

죽은 사람도 있는 건 당연하다.

하지만 쓰러져 있는 자들 중 대부분은 아직 숨이 붙어 있다. 천마신공의 절기들은 확실하게 상대의 목숨을 앗아 가는 무시무시한 힘을 지녔다.

그런 천마신공에 당하고도 살아남은 자들이 있다는 건 적월이 손속에 사정을 뒀기 때문에 가능한 일이었다.

무차별적인 살인은 적월 또한 바라지 않는다.

이곳에서 반드시 죽어야 할 것은 단 둘뿐이니까.

등자평, 그리고 명객.

등자평은 적월의 눈에 담긴 살기를 읽었다.

어떻게 해야 하나 주변을 두리번거리던 등자평의 눈에 누군가의 모습이 들어왔다.

그 자의 정체는 다름 아닌 사천당문의 인물인 당유민이었
다.

　당유민은 멀리에 서서 당황한 듯이 이 상황을 보고 있었다.
그를 발견하는 순간 등자평의 머리에 번개처럼 하나의 생각이
스치고 지나갔다.

　'저놈을 인질로 잡아야 한다.'

　사천당문과 무슨 인연이 있는지 모르겠지만 저놈을 잡아
서 협박한다면 쉽사리 자신을 어찌하지 못할 게 분명하다.

　등자평이 막 당유민을 잡으라고 명령을 내리려 할 때였다.

　적월이 먼저 입을 열었다.

　"당 대협!"

　"왜, 왜 그러시오?"

　갑작스럽게 자신을 부르는 소리에 철련문 무인들 뒤편에서
어정쩡하게 서 있던 당유민이 화들짝 놀라 대답했다.

　적월이 그를 향해 웃으며 말했다.

　"미리 말씀드리지만 잡혀도 안 구해 줍니다. 인질이 되면
그냥 죽었다고 생각하십시오."

　적월의 그 한마디에 당유민이 깜짝 놀라 뒷걸음질 쳤다.

　하지만 당유민보다 더욱 놀란 것은 바로 그 같은 일을 벌
이려 했던 등자평이었다.

　모든 걸 파악하고 있다.

　이 같은 처지에서 자신이 할 만한 행동 하나 하나까지

도…… 소름이 돋았다.

적월은 놀란 등자평을 바라보며 입을 열었다.

"왜? 들켜서 놀랍냐? 네놈들의 마지막 수야 뻔하지. 하지만 어떻게 하냐. 저 사람을 지켜 줘야 할 정도로 우리 사이에 이어진 인연이나 의리 따위는 없거든."

모든 수를 막아 버렸다.

이제는 궁지에 몰린 놈을 사냥하는 일만 남았을 뿐.

요란도의 도신 주변으로 가닥 가닥으로 이루어진 강기들이 흘러나오기 시작했다.

적월이 차가운 표정으로 등자평을 쏘아붙였다.

"인간 같지도 않은 놈이 살고 싶다고 아둥바둥하는구나."

"시, 시끄러워. 네깟 놈이 뭘 알아."

등자평이 더듬거리며 말했다.

그는 계속해서 주변을 두리번거렸다. 마치 누군가를 찾기라도 하려는 듯이.

적월이 말했다.

"왜? 네놈에게 영생의 길을 가르쳐 준 그 사이비 놈이라도 기다리는 거냐."

"분명 네놈은 강해. 하지만 그 사람이 오면 네놈도 결코 몸 성히 살아서 가지 못할 것이다. 그러니 이쯤에서 우리가 타협을 하는 게 어떻겠느냐?"

"타협?"

의외의 말에 적월이 되물었다.

말이 먹히는 듯하자 등자평이 황급히 고개를 끄덕이며 말했다.

"그래, 타협. 우리끼리 굳이 이렇게 싸우지 말고 서로 간에 이득을 취하자는 거다."

"내가 널 살려 주면 넌 나한테 뭘 줄 건데?"

"영생! 영생을 주지. 그 사람에게 특별히 부탁해서 너에게도 영생을 이룰 수 있게 해 달라고 하겠다."

"큭."

적월은 자신도 모르게 웃음을 터트렸다.

아직까지도 저런 헛소리를 지껄이는 등자평의 행태가 너무 우스웠기 때문이다.

적월은 등자평을 바라보며 입을 열었다.

"멍청한 놈."

"……?"

"몇 번이나 말했는데 내 말을 못 알아들은 거냐, 아니면 알아들을 생각이 없는 거냐."

적월은 등자평을 한심하다는 듯이 바라봤다.

어린아이의 피에 몸을 담근다 하여 영생할 수 있다는 말도 안 되는 생각이 등자평에게는 확고한 듯했다. 그만큼 명객에게 단단하게 세뇌되었다는 소리다.

적월이 요란도를 들어 올리며 말했다.

"애초부터 용서할 생각은 없었지만…… 네놈은 살아선 안 될 놈이다."

"자, 잠깐, 내 이야기대로만 하면 우린 영생을……."

"닥쳐. 네놈이 들어가야 할 곳은 그런 불쌍한 아이들의 피가 가득한 욕조가 아닌 뜨거운 지옥불 속이다. 그곳에 가서 스스로 지은 죗값을 갚아라. 네놈은…… 죽는 것조차 사치다."

적월이 도를 높게 치켜들었다.

바로 그 때였다.

쒜에엑!

무엇인가가 날아오는 것을 눈치챈 적월이 몸을 팽이처럼 회전시켰다.

퍼엉!

그 힘은 아슬아슬하게 적월을 스쳐 지나가 멀찍이 있던 철련문 무인들을 덮쳤다.

몸을 회전시켜 땅에 착지한 적월이 천천히 고개를 들었다.

철련문에서 싸움을 시작한 이후 처음으로 전신에 오싹 하는 소름이 돋았다.

지척까지 다가오는 동안 눈치채지 못했다.

고개를 치켜든 적월의 눈동자가 살짝 흔들렸다.

멀찍한 곳에 서 있는 자가 눈에 들어온다.

적월이 자리에서 일어나 옷에 묻은 먼지를 툭툭 털며 입을 열었다.

"예상외로군."

"피할 줄은 몰랐는데…… 생각보다 더 재미있는 분이시네
요."

방긋 웃으며 나무 뒤에서 모습을 드러내는 이는 다름 아닌
등자평의 첩으로 알려진 공손하영이었다.

적월은 단번에 상대가 누구인지도 알아차렸다.

처음 이곳에 왔을 때부터 왠지 모르게 자꾸 시선이 갔다.
그건 결코 아름다워서가 아니었다. 왠지 모를 불쾌함을 자꾸
풍기던 여인이다.

당시에는 그 지독한 향기 때문이라고만 생각했다.

하지만 그것이 전부는 아니었던 모양이다.

이곳 철련문에 와서 그토록 찾던 자가 틀림없다. 지옥의 법
도를 거스르는 자라는 명객.

자신도 모르게 명객이 남자일 거라 생각했는데 그런 예상
이 빗나갔다.

처음 만난 명객은 놀랍게도 여인이었다.

적월의 얼굴에 미소가 가득 차기 시작했다.

그런 적월의 모습에 공손하영의 웃는 표정이 살짝 굳어졌
다.

적월이 공손하영을 바라보며 말했다.

"만나고 싶었다."

"저한테 하는 말인가요?"

"그럼. 얼마나 만나고 싶었는지 보자마자 반가워서 한번 포옹이라도 하고 싶을 지경이야."

적월의 말에 공손하영은 고개를 갸웃했다.

아직 적월의 정체를 모르는 공손하영이었기에 그의 말이 선뜻 이해가 가지 않는 것이었다.

공손하영이 적월을 향해 입을 열었다.

"무슨 말이 하고 싶은 건지 모르겠지만…… 당신은 참 운이 없네요. 저만 없었다면 철련문을 혼자서 박살 낸 희대의 젊은 영웅이 되었을 텐데. 참으로 아쉽게 됐어요."

"그런 건 필요 없어. 애초부터 나는 널 만나러 온 거니까."

"날 만나러 와요? 왜요?"

공손하영의 말에 적월은 대답 대신 천천히 몸 안에 감춰 두었던 요기를 풀었다.

요기가 천천히 바깥으로 흘러나갔다.

여유가 가득하던 공손하영의 표정이 변했다.

싸늘하게 변한 얼굴로 공손하영이 적월을 향해 무섭게 쏘아붙였다.

"정체가 뭐죠?"

"염라대왕이 보낸 저승사자."

"어머, 소문인 줄만 알았는데…… 그게 사실이었나 보네."

공손하영은 색기 넘치는 웃음을 지었다.

하지만 웃는 표정 뒤에서는 당장이라도 적월을 찢어 죽이고파 하는 살의가 번뜩였다.

그때 적월의 뒤에 있던 등자평이 황급히 공손하영을 향해 달려갔다. 그가 움직이는 것을 알았지만 적월은 굳이 막지 않았다.

공손하영에게 다가간 그가 다급히 그녀의 어깨를 잡으며 반갑게 외쳤다.

"하영! 그대가 올 줄 알았에! 저놈이 나를 이리 만들었으니 당신이……."

"아, 시끄러워."

"뭐, 뭐라고 했소?"

"귀 먹었어? 시끄럽다고."

"어, 어찌……."

놀란 표정으로 등자평이 공손하영을 바라보던 그때였다.

귀찮다는 듯이 공손하영이 손을 휘둘렀다.

퍼억!

등자평의 머리통이 떨어져 나갔다.

머리통이 떨어져 나간 등자평의 몸이 그대로 바닥으로 쓰러졌고, 주변에 있던 철련문 무인들은 모두 놀라 아무런 말도 하지 못했다.

다른 이도 아닌 공손하영이 이 같은 일을 벌였다는 사실에 모두가 믿을 수 없는 눈치였다.

그들이 어떻든 간에 공손하영은 쓰러진 등자평의 몸을 발로 짓밟으며 말했다.

"쓸모도 없어진 놈이 어디다가 내 몸에 손을 대."

등자평을 사랑스럽게 바라보던 며칠 전과는 확연히 다른 모습이다. 하지만 이것이 바로 명객 공손하영의 진짜 모습이기도 했다.

아무렇지 않게 몇 년을 함께한 등자평을 죽인 공손하영이 그의 손이 닿았던 어깨 부분을 툭툭 닦아 내며 말을 이었다.

"인간이란 존재는 참 그런 것 같아요. 조금만 잘해 줘도 이렇게 기어오르잖아요. 안 그래요?"

"너도 인간이잖아?"

"무슨 실례되는 소리예요. 전 이미 인간이 아니죠. 당신도 그렇겠지만 이미 우리는 인간이라 부를 수 없는 존재잖아요?"

말을 하는 공손하영의 얼굴에는 자부심이 가득했다.

인간의 탈을 쓰고 있긴 했지만 스스로를 같은 부류로 생각지 않는 게 분명했다.

그리고 그랬기에 그토록 잔인한 짓을 벌일 수도 있었을 것이다.

적월이 공손하영에게 물었다.

"묻고 싶은 게 있는데."

"물어봐요."

"등자평이 아이들의 피로 목욕을 하게 만든 게 네 짓이지?"

"맞아요. 아이들의 피를 얻어서 저나 그 사람 둘 다 며칠에 한 번씩 들어가곤 했죠."

"설마 진심으로 그러면 영생을 얻는다고 생각한 거냐?"

"풋, 설마요. 영생이란 게 고작 어린아이들의 피로 가능했다면 그만큼 가치가 있겠어요."

고작이라는 말에 한 번 꿈틀한 적월은 애써 화를 참으며 다시금 물었다.

"그럼 왜 그런 짓을 한 거지?"

"음…… 피부에 좋을 것 같아서?"

"뭐?"

적월의 눈동자가 파르르 떨려 왔다.

그런 적월을 바라보며 공손하영이 대수롭지 않다는 듯이 말했다.

"왠지 어린아이의 피에 몸을 담그면 피부가 좋아질 것 같지 않아요? 그래서 한번 해 봤어요. 뭐 효과는 별로 없는 것 같긴 하지만요."

"고작 그 이유냐?"

"고작은 아니죠. 나를 위해 죽는 건데. 아마 죽으면서도 억울하지는 않았을 거예요."

웃으며 대답하는 공손하영을 보며 적월은 더 이상 말을 섞을 필요가 없다는 걸 느꼈다. 다른 명객이 어떨지는 모르겠지

만 적어도 지금 눈앞에 있는 이 공손하영이라는 여자는 최악
이다.

공손하영이 웃으며 입을 열었다.

"어쨌든 나를 먼저 찾아와 줘서 고마워요. 당신 목에 엄청
난 물건이 걸려 있는데…… 내가 당신을 죽일 수 있게 해 줘
서."

"죽는 건 내가 아니라 네가 될 것 같은데."

퉁명스레 대답한 적월이 아래로 향하고 있던 요란도를 치
켜들었다. 요란도의 도신을 타고 붉은 불줄기가 꿈틀거렸다.

적월이 입을 열었다.

"너 같은 쓰레기한텐 이곳보다 지옥이 어울리니까."

말을 마친 적월에게서 지옥의 붉은 불꽃이 터져 나갔다.

〈다음 권에 계속〉

無敵名

무적명

백준 신무협 장편소설

ORIENTAL FANTASYSTORY & ADVENTURE

멸문당한 장백파에 남아 있던 핏빛 글귀.
무적명(無敵名) 만리행(萬里行)
무적의 이름은 만리를 간다.

백준 신무협 장편소설
『무적명』

사형과 같은 길을 걷다 보면 그가 오리라!
강호를 종횡하며 사문의 원수 무적명을 부른다!

dream
books
드림북스

ROYAL DOOM
파천의 군주
태제 판타지 장편소설
FANTASYSTORY & ADVENTURE
문피아 선호작 1위! 골든베스트 1위!
『리버스 담덕』,『역천의 황제』의 작가
태제 판타지 장편소설
파천의 군주
제국을 향한 야심, 9번의 환생, 뒤틀린 운명.
새롭게 태어난 군주 카빌론의 대륙정벌이 시작된다.
라이나프! 신이 되고픈 자들에게 내리는 신들의 저주!
9개의 삶이 끝나는 순간 제국을 집어삼킬 군주가 태어난다.
dream books
드림북스

박찬규 신무협 장편소설

ORIENTAL FANTASYSTORY & ADVENTURE

단우비

『태극검제』, 『혈왕』, 『천리투안』의 작가!
박찬규 신무협 장편소설

『단우비』

제비? 아니, 이제 낭인 소년 제비가 아니다.
저잣에서 자라나 두 날개로 웅비할, 단우비다!

마법군주

인 칼리스타

발렌 판타지 장편소설
FANTASYSTORY & ADVENTURE

In Kallista

『리턴』, 『얼음군주』의 작가 발렌
자유롭고 유쾌한 상상력이 돋보이는 판타지 장편소설.

미천한 하인에게 죽음과 함께 찾아온 영혼의 부활.
기적처럼 뒤바뀐 한 남자의 운명이 대륙의 역사를 새로 쓴다!

귀족의 폭정에 고통 받는 모든 이들을 구하기 위해
칼리스타 백작, 마침내 그의 의지가 세상을 변혁시킨다!

dream
books
드림북스

천검제

天劍帝

『절대천왕』, 『암천제』, 『천풍전설』의 작가!
장담 신무협 장편소설

『천검제』

세상을 뒤엎는 한이 있어도
아버지의 죽음에 관여한 자들 모두 용서치 않으리라!

dream
books
드림북스